たたかうきみのうた III

時を継ぐ君へ

宮本和俊
Kazutoshi Miyamoto

幻冬舎MC

献　辞

この本を
病気とたたかっている子どもたち、
みちなかばでたおれてしまった子どもたち、
その子どもたちを支え続けた多くの人々に、
そして
体が弱く、心も弱かった息子を
ゆっくりと辛抱強く育ててくれた
いまは亡き父と母、
もう四十年も共に肩をならべ歩み続けてくれている
小児神経科医の妻に捧げたいと思います。

はじめに

子どもの頃には遊ぶ時間が無限にあると感じていました。青年の時には夢にあふれ唯々《ただただ》突き進んでいました。それぞれの時代でまさか自分が初老の人（前期高齢者）になるなどということは考えもしませんでした。

しかし、今、ふと気がつけば医師になりはや四十年、小児外科に道を定めて三十五年が過ぎていました。その間に四千五百人を超える赤ちゃん・子どもたちの手術を行い、教授になり、そうして定年退職となっていたのです。手術をした子どもたちも三十歳をこえるようになり、各々の人生をしっかりと歩み始めています。

しかしそんな中、二〇二〇年、定年退職の年から日本では新型コロナウイルスが猛威をふるい始めました。退職に当たって準備していた三月の記念祝賀会や、学会記念講演などはすべて中止としました。退職後はきっぱりとメスを置き、後輩へ道を譲り、悠々自適の生活に入るつもりだったのです。しかし、コロナ禍により次第に騒然としてくる日本にあって、自分の心も「何かしなければ……」と、沸き立ってきたのでした。周りでは友人や後輩、教え子たちが人類史上類を見ない、ウイルスとの厳しい闘いに次々と飛び込んでいきました。

そんなとき、静まりかえる書斎でふと手に取った本のページから、このような歌が目に飛び込んできました。

身を捨てて
世を救ふ人も
在《ま》すものを
草の庵《いほり》に
暇求《ひまもとむ》とは
良寛

というわけで、遅ればせながら、二〇二〇年六月から医師としての仕事を再開しました。道北勤労者医療協会に入職し、北海道では初めての「こども便秘専門診療」を始めさせていただきました。さらには成人の健康診断、老人の在宅診療も行っています。

今では、子どもたちからは希望をもらい、成人からは働くエネルギーを分けていただき、ご老人たちからは明日の自分の姿を考えさせていただく日々を過ごしています。

さて、『たたかうきみのうた』（幻冬舎メディアコンサルティング）を上梓《じょうし》したのが二〇一七年一月、『たたかうきみのうたⅡ』（幻冬舎メディアコンサルティング）を上梓したのは二〇一八年五月のことでした。そしてそれからあっという間に三年余りが過ぎ去ってしまいました。その間に自分の人生もめまぐるしく変わり、手術した子どもたちはどんどん大きくなり、各々にエピソードが加わってきました。さらには、これら二冊の本への反響が今でも続いています。

金沢に住む十三歳の女の子は「面白くて感動する！」と言って、お父さんに

「小児外科ってすごいんだよ」と力説・解説してくれたとのことでした。実はそのお父さんは現在内科准教授なのですが、二十年以上も前に旭川の宮本のもとで小児外科を研修したことがあるのです。そのお父さんの微笑みが見えるようです。

今一緒に働いている若い事務の女性は「わたし小説のような長い本は苦手なんですが、先生の本は二冊とも一気に読んでしまいました」と言ってくれました。なんということでしょう、あんなに内容が飛び飛びの本を一気に読むことができるのは、かえってすばらしい才能だと思いました。

東京出身で医学部志望の高校生を持つ父親が「息子の下宿の部屋に行き、ふと本棚を見ると『人生を変えた本』と手書きされたコーナーに『たたかうきみのうた』がありました！」と笑顔で報告してくれました。実はお父さんは三十年以上も前に東京で宮本とともに働いた小児外科医で、今は東京の大学で小児外科教授になっているのです。

さまざまなエピソードが寄せられる中、これら二冊の本を世に送り出していただいた幻冬舎メディアコンサルティングからの後押しもあり『たたかうきみのうたⅢ』を上梓したいと考えるに至りました。私の本は、時代を先取りする先見性や鋭く切り込む批評力に乏しく、詳細な科学的内容も見当たらない作品です。しかし、このような時代の中で病気とたたかう子どもたちとその子らを支える人々（宮本の身の周りの人々も含め）の「息づかいや頑張り、人と人とのつながり」を記すことには、時代を超えて伝わる何かがあるかも知れないと考え、再びペンをとりました。

過去の二冊に集めたような子どもたちとその家族に関するエッセイに加え、弔辞や記事、資料のまえがきやあとがきなどを加えたため、やや読みづらくなった感がありますが、それらの中にも伝えたい内容が入っていることを感じていただけると幸いです。

まずは本の扉を開き、ゆっくりと、子どもたちの世界に入り〝たたかうきみのうた〟に耳を澄ませてみてください。

時に微笑み、時に噴き出し、あきれながらも、読んでいるうちにほのぼのとした世界に入っていけますように……。

たたかうきみのうたⅢ　時を継ぐ君へ　目次

きずな　63

ホッと一息　小児外科医　101

我が家のうた　139

思い出してごらん……あの頃を　165

さまざまな心模様　191

この本は、おもにインターネット上に友人限定で公開した文章を編集したものです。さらには、学会での講演内容や、恩師への弔辞、他の紙誌でのまえがきやあとがきを加えさせていただきました。

今回は文章の末尾に発表日付を付しました。順不同の内容に少しでも流れができればと考えたからです。文や写真などは登場される方々のプライバシーに配慮したつもりですが、至らぬ点がございましたら深くお詫び申し上げますとともに、ご連絡をいただけると幸いです。なお、文中に登場していただいた方々の名前、愛称、イニシャルはあくまでも記号であり、実名を示唆するものではありませんが、三冊の中では統一を図っています。

（著者）

＊文中に付した小さなアラビア数字の注釈は、巻末に掲載しています。

きらめく子どもたち

青空を翔けぬけろ!　マユちゃんへの手紙

君が生まれて二十七年、先月、君は初めて在宅静脈点滴栄養から離脱した。

一万日を超える日々、君は毎日毎日点滴につながれてきた。君が生まれたばかりの時、腸は捻《ねじ》れ、小腸のほとんどを失い六センチだけが残った。その時生きるために入れた右外頚《がいけい》静脈カテーテル、この一本の静脈路をまさかその後二十七年間使い続けることになろうとは、そしてさらにその静脈路が腸の成長とともに不要になる時がこようとは……夢にも思わなかった!

体に埋めこまれた点滴セットを定期的に交換するだけでも入院手術が必要なのに、他にも受けた手術はいっぱい。君の人生の十分の一は病院で過ごしたことになる。子どもにとっては受け入れることも大変な数々の困難を乗り越え、もうすぐ点滴が抜けるという最後の数か月は、口からの栄養だけで社会生活や仕事ができ、カテーテルは血液でつまらないようにとヘパリン生理食塩水を時々ながしているだけだった。とはいえ物心ついた時から体に付いていた点滴をいざはずすとなると……主治医の心配は当たり前としても、本人が決断することには大きな意志の力が必要だったに違いない。

そんな君から来た年賀状。

明けましておめでとうございます。
二〇一八年は本当に特別な年になりました。
二十七年間「生きてきた」という実感とともに、ここまで沢山の人に「生かされてきた」とあらためて感謝ができた年でもありました☆☆
点滴がなくなったことは未《いま》だに慣れません（笑）
でも、自ら望んだことですから！
そんなことも言っていられませんね!!
二〇一九年も前を見て突き進んでいきます♪♪

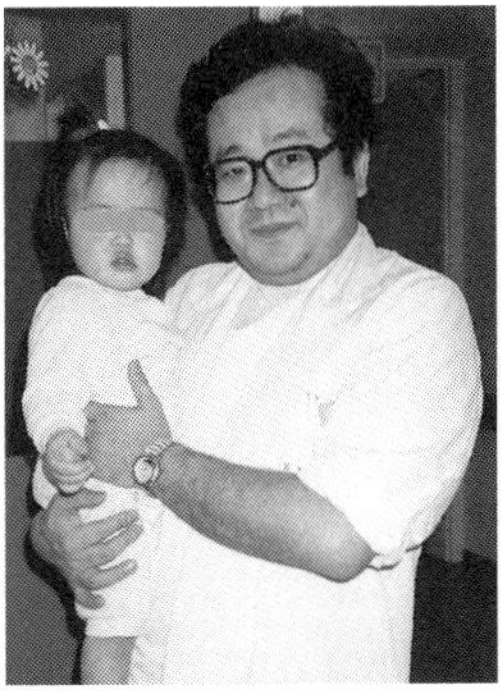

二十七年間、地上につながれていた君は今、まるで解き放たれ大空を自由に飛びはじめた鳥のよう。どうだい？　大空からの眺めは？　あんなに大きく太って見えた宮本先生は米粒のようだろう？　いろいろなことに悩んだ小学校・中学校も、二週間に一回二十七年間通い続けた旭川医大も、家族で住んでいた地域も……遥か足元に小さく見えるね。

たまにはここに羽を休めにおいでなさい。二十七年前小児外科医として歩き始めた宮本も歳をとり、あと一年で定年となるけど、もう少しの間、地上に残っているつもりだから。

（二〇一九年一月三日）

会うたびの涙　悲しみから喜びへ

二十二歳のお嬢さんが、母とともに小児外科外来を訪れてきました。「企業への就職にあたり、呼吸器科の診断書が欲しくて旭川医大を受診したのですが、どうしても宮本先生にも会いたいと言っています」とナースが言うのです。カルテの名前を見て、懐かしさに残り少ない頭髪が逆立ちそうな気がしました。そうか、あれからもう二十二年もたつのか……。

一九九六年も暮れようとするクリスマスのざわめきの中、市内の病院で女の子・リセちゃんが誕生しました。呼吸状態が悪いことから気管内挿管《そうかん》され旭川医大に搬送されました。診断は先天性横隔膜《おうかくまく》ヘルニア。産後間もない母に病状と手術につき説明しました。あまりの厳しい話に、母の目から涙があふれ出ます。

「元気な子に産んであげられなかった……」

四十八時間かけ人工呼吸器で全身状態が落ち着くのを待ち、生後二日目に、お腹《なか》を開けて横隔膜に向かう根治手術を行いました。横隔膜の欠損は大きかったのですが、何とかリセちゃん自身の横隔膜でふさぐことができました。

母もようやくひと安心……と、思ったのもつかの間、最初の手術から二週間たちそろそろ退院と考えていたお正月に、閉じたはずの横隔膜が突然開き、そこから腸が再び胸の中に脱出してしまったのです。「緊急手術します！」と母に説明すると、母の目から大きな涙が次から次へとこぼれ落ち止まりませんでした。

「手術したからもう大丈夫と思っていたのに……」

手術は前回と同じ手術創で行いました。閉じたはずの横隔膜のうち一部が開いているだけだったので再び横隔膜を縫ったのです。今後も体の成長に横隔膜の成長が追いつかない時には再発もあり得ますと説明して退院となりました。

生後九か月、丸々と可愛くなったリセちゃんを、外来でX線撮影した際、腸が再び胸の中に脱出し始めていることがわかり、三度目の手術を行いました。

母は、ハラハラと流れ落ちる涙をぬぐおうともせず、

「泣いてしまってごめんなさい、覚悟はしていたのに……」

今度は胸から横隔膜に向かう手術を行い、人工膜のシートを横隔膜の穴にピッタリとかぶせました。


生後一歳二か月、なんとまた再発してしまいました。四回目の手術となり、母はすすり泣きながら、

「一生……心配……」

四回目の手術も胸から横隔膜に向かい行いました。前回の人工膜に加え今度はリセちゃんの成長を見込み、パラシュートのように余裕を持たせた人工膜をかぶせました。


そして、再発はここで止まっています。リセちゃんは小学生、中学生となり外来は終了しました。その後は時折リセちゃん親子と大学近くの本屋さんで遭遇しました。お辞儀をかわす程度でしたが、嬉しかったです。大きくなったけ

どコロンとした体型となり、生まれついての明るい色のくるくるヘアーがますますごいことになっていました。聞きたいことや話したいことはいっぱいあったけれど……時は過ぎていきました。

そして今、小児外科外来に二十二歳二か月、すらりと背の高いお嬢さんとなったリセちゃんが母とともに外来に入ってきました。母は宮本を見るなりまたもや目に涙を浮かべています。まるで条件反射のよう（?:）。でも今日の涙は今までと違う涙でした。思わず宮本も過去がフラッシュバックしてしまいましたが、救いはリセちゃんです。明るく楽しい会話が続きました。

「え〜〜髪の毛はね、中学生くらいから背が伸びるに従って、少しずつ黒くまっすぐになってきたの！」

宮本の書いた本二冊を手渡そうとすると、母は、

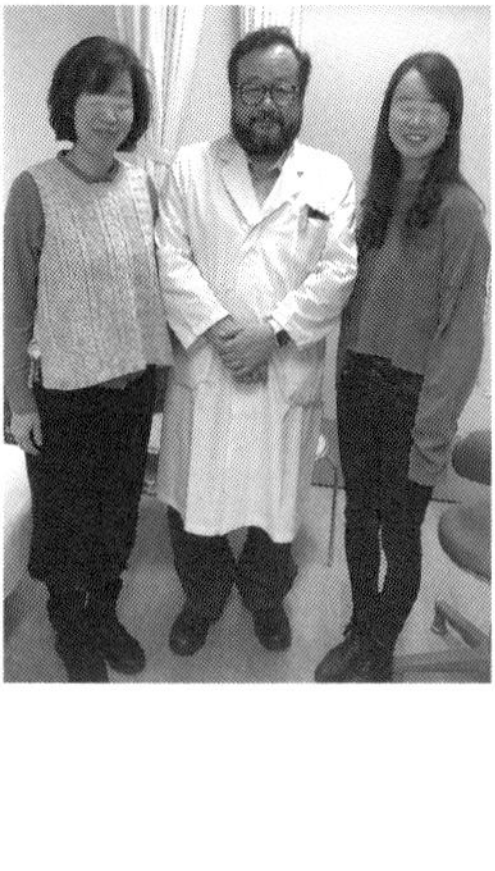

「二冊とももう買って読みました、泣きながら……」

すかさず横からリセちゃん、

「私も欲しい！　サインしてもらったこの二冊は私が持つから、前の本はお母さんが持ってて！」

手術創でいじめられたことはないかと心配すると、彼女は服をたくし上げ、お腹と背中の手術創を見せながら、

「だいじょうぶ、こんなにきれいな線のキズになってるから、ビキニも着ちゃった!!」

今回のことは、小児外科医を三十年以上続けていることへの神様からのご褒美なのでしょうか？　宮本より後まで生きていくリセちゃん、定年間際の宮本には今後その輝きをどれくらい見ていくことができるのかわかりません。だけど、こんなしっかりした子に育てたのだもの、お母さん、何があっても本人が乗り越えていけますよ。お母さんも一緒に長生きしてください。節目節目で悲しいことは涙で流し去り、嬉しいことはいっぱいの涙でお祝いしながら。

コウスケ君が跳ぶ

（二〇一九年三月十六日）

新しい職場での慣れない夜の会議を終え家路を急ぎました。車を車庫に入れ、家に入り、ワイシャツをひきむしるように脱ぎ、冷蔵庫から出したビールを手に居間のテレビ前の定位置にどっかりと座りこみます。おつまみは会議で出されたお弁当。ビール缶のリングプルに手をかけ……と、まさしくその時、携帯が鳴ったのでした。大学退職後、久しく鳴ることのなかった夜間の電話、ディスプレイには見慣れぬ番号が並んでいました。

「もしもし宮本先生ですか？　〇〇コウスケです！　覚えてますか？」と野太い男性の声。

「おっ！　覚えているよ、コウちゃんだろ！　食べ物が胸につまらないかい？」

「えっ、覚えているんですか？　胸つまりのことまで……」

もうあれから何年たったのでしょう。コウちゃんは生まれつき食道が閉鎖しており、重症の肺炎まで合併していた赤ちゃんでした。生まれてすぐ食道をつなぐ手術を行い、手術後は一か月以上、気管内挿管・人工呼吸器管理が続き、眠れない日々を過ごしたのでした。

実は自分が指導医なしに研修医を助手とし手術を執刀した初めての食道閉鎖症症例だったのです!!　名前を聞いたとたんこれらの思い出が頭の中を駆け巡りました。

「もう三十歳になりました。相変わらず食べ物が胸につまることがあるんです。特にホルモンがダメで、もう嫌いになって食べなくなりました。背は高くはならなかったのですが、ガッチリとした体になってR市の市場で働いています」

話しているうちに、だんだんいろいろなことを思い出してきました。椅子に座りコウちゃんを抱っこしながら泣いていたお母さん、クールなふりをしているけれど実は熱い思いを秘めたお父さん。コウちゃんは小学校に入学する頃まで、時々外来に来て、狭かった食道を広げる辛い処置をしていたはずです。それにしてもどうやって宮本の携帯番号を知り、電話してくることになったのでしょう？

「不思議なことがあったんです。友達と行った地元の飲み屋さんで、ふとカウンターを見ると宮本先生の名前の載った本が二冊あったんです。そのお店のママにどうしてこの本があるのか尋ねると、なんと、ママの子どもが宮本先生に手術してもらったというんです。それを聞いて『え～～っ、僕も宮本先生に手術してもらったんです』となり、一気にその場が盛り上がりました」

「お～～、そうだったんだ！　それでその子の名前はわかるかい？」

なんと、ママの子というのは『たたかうきみのうたⅡ』の「希望の星」の節に書いた同じ呼び名ではあるけど別の〝コウちゃん〟でした。そして先輩に当たるコウちゃんはそのママから宮本の携帯の番号を教わったのでした。

「早く宮本先生に電話しなさい。喜ぶよ」

とママに言われ、今回の電話につながったのでした。コウちゃん同士は五歳の年齢差があり、本人同士は知りません。もちろん親同士も知りません。何か強く引き合うものがあったのでしょう（後に父親同士が同じ職場の別の部署だと判明します）。

コウスケ君の話は続きます。外来で何回も無麻酔で行ったバルーンを用いた食道拡張術が子ども心に辛かったこと、学校の体重測定が始まると体の傷を友達に見られるのがいやで、体の皮を張り替えてもらいたくなったり、生まれ変わったりしたくなったこと。でもだんだん立ち直り、十キロマラソンを完走できたこと、柔道では投げることではなく綺麗に投げられることで合格をもらったこと、などなど。明るく粘り強くがんばる本来の気性が発揮されてきたようです。

「お父さん、お母さんは元気かい？」

「両親とも還暦になりましたが、元気です！」

「えっ、還暦？　そうか、あの時コウスケ君を抱っこしながら泣いていたお母さんは、今のコウスケ君と同じ歳だったんだねえ〜〜」

「あっそうか！　先生、僕ね、辛かったことも悲しかったこともいっぱいあったけど、今ではこの両親・家族の元でこの病気を持って生まれてきたことを有り難く感じているんです。先生に手術していただいて嬉しく思っています」

う〜〜ん、この電話は神様から退職小児外科医へのご褒美だったのでしょうか。やりとりが電話だったのが幸いでした、僕の目が潤んだのは見えなかったでしょうから。

電話の最後はコウちゃんからのアドバイスでした。

「先生、僕ね、すごいこと発見したんです。同じ病気の子どもに教えてあげてください。食道にものがつまった時、母に背中を叩いてもらったり、自分で胸を叩いたり、水を吐きながら飲んだりしていたんですが、今ではぴょんぴょん跳ぶとつかえが取れることに気がついたんです。つまったかな、と、怪しい時は席を外して跳ぶんです！」

「え〜〜？　我慢しないで、また大学病院に来て食道拡げないかい？」

と言ったのですが、

「大丈夫！　跳べばいいんですから」

とのことでした。

今後の連絡方法など相談したのち、電話の直前にまさに酒を飲み始めようとしていた宮本の状況を察したコウスケ君は、

「先生、今日はうまいビールを飲んでください。僕は大丈夫ですから」

写真1：30年前のコウスケ君の術後の状態です。当時のオープンクベースが懐かしい。頭と挿管チューブを固定する装置、羊毛皮のシーツ、太い胃瘻《いろう》チューブ、動脈・静脈ルートの色テープによる弁別。左右の胸にドレーンの入っていた痕が見えます。

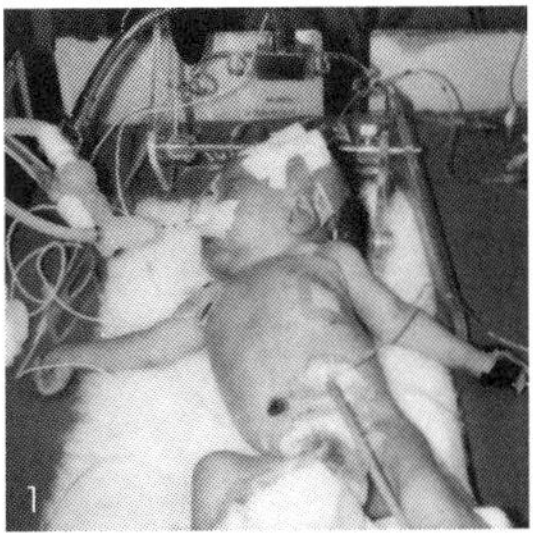

写真2：当時は闘病が長くなり赤ちゃんの手足に点滴を入れる血管がなくなると、この写真のコウスケ君のように頭の両サイドの髪の毛を剃り、頭皮針やサーフロ針を浅側頭動脈・静脈に留置して採血や点滴をしました。ですから長期に入院する赤ちゃんたちは頭がモヒカン刈り（両サイド刈り上げ）になったものでした。それを見たお母さんの目からまた涙が……。

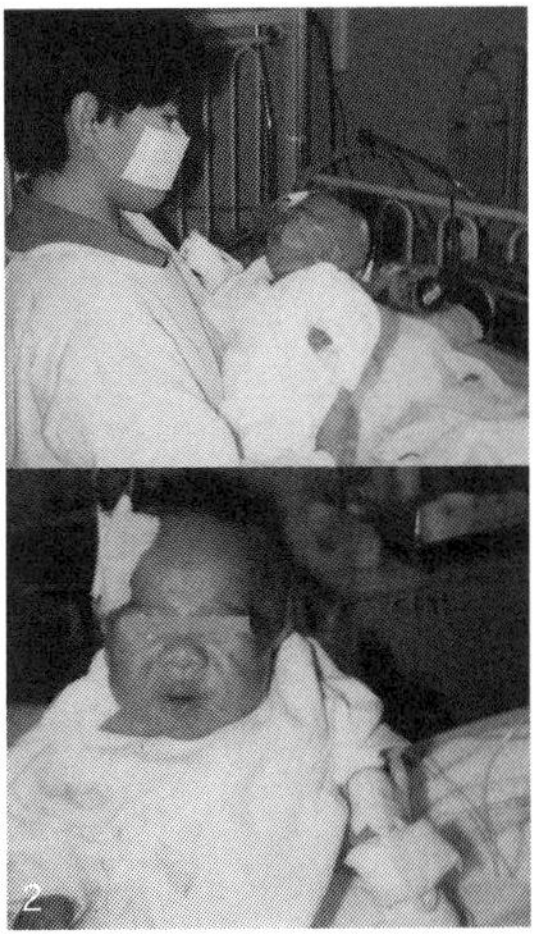

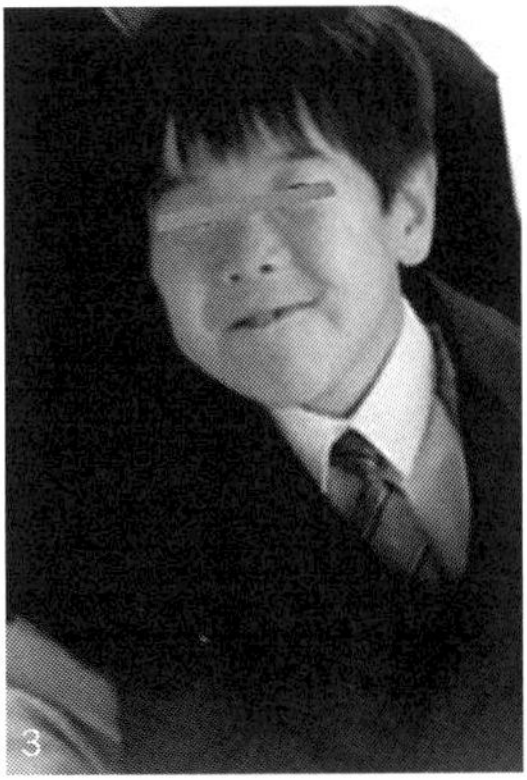

写真3：これくらい大きくなって、経口に問題なく外来を卒業できた、と思っていたのですが。なんと今でも食べ物がつかえることがあるとは……。（2020年7月6日）

コウちゃん、ありがとう！
その夜はたった二缶のビールで幸せに寝付けたのでした。

交差する水輪《みなわ》

前の節で、人口二万人ほどのR市に住むコウスケ君が、たまたま入ったスナックのカウンターに『たたかうきみのうた』『たたかうきみのうたⅡ』が置いてあったことから、人の輪が広がったお話を書きました。その後、そのスナックのママのお子さんで呼び名は同じコウちゃん（『たたかうきみのうたⅡ』「希望の星」参照）が、勤務先の札幌から旭川医大まで、奥さんと赤ちゃんを連れて訪ねて来てくれました。写真を見ておわかりのように、お父さん譲りで男らしいコウちゃんの顔つきに、かわいらしい奥さんの面影が加わり、赤ちゃんはハンサムカワイイという状態です。

実はお父さんとなったコウちゃんには、赤ちゃんの時にお腹から骨盤にいたる大手術を行っていました。いろいろと手術の影響が心配だったので、その子が成人してから結婚し、子どもができるということは、小児外科医にとって非常に嬉しく素晴らしいことなのです。実はお会いしながら、心の中で万歳、万歳と何回も叫んでいました。そのため医局応接室を独占し三十分以上も盛り上がり話を続けてしまいました。ほのぼの新婚家族の雰囲気にすっかり癒やされた宮本でした。

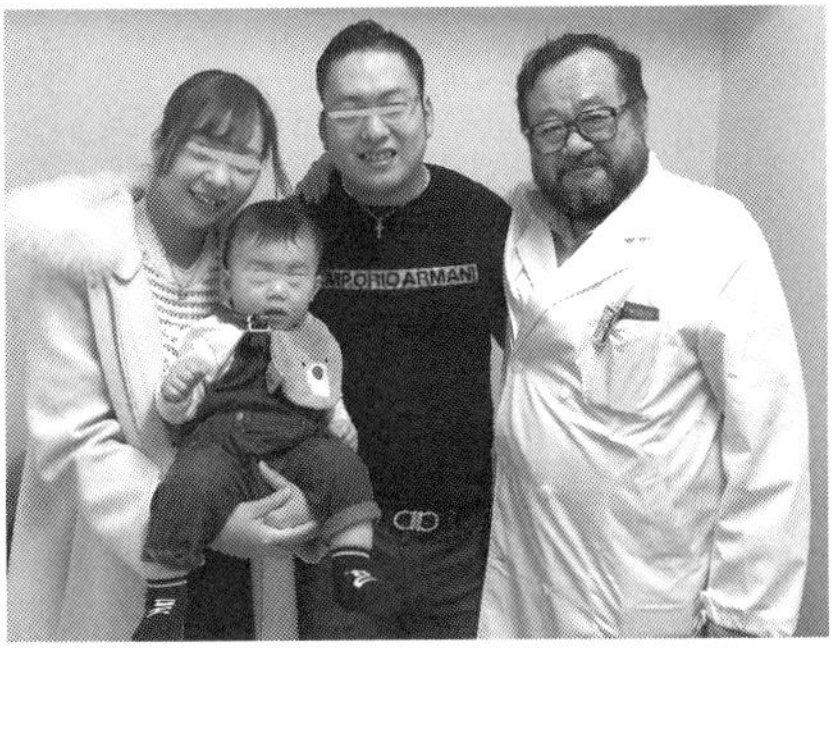

さて、その後、『たたかうきみのうた』をきっかけにスナックでできた人（手術した子どもたち）の輪がどんどん広がっていると、連絡が入りました。宮本が手術してから二十年以上たっている子どもたちです。

本を薦めたり薦められたりしているうちに、ある母親は、自分の同級生のお嬢さんもまた宮本の手術を受けていることを知りました。ある父親は職場でこの本の話が出た時に、部署も職階も違う同僚の各々の息子さんたちがいずれも宮本の手術を受け成長していることを知って驚いたとのことでした。子ども同士が小学校から高校まで何も知らずに同学年で過ごしていたのに、お互いが赤ちゃんの時に大きな手術を宮本から受けていると知ったのも、この本がきっかけでした。

このコウスケ君をきっかけとして、電話で何人かの方とお話しするたびに、だんだんと宮本の頭の中は混乱してきました。頭の中を整理するためにコンピューターで書いてみた関係図は左のようになります。この関係図を水面《みなも》に浮かべ、そこに『たたかうきみのうた』という雨だれが落ち、各々の人を中心に水輪《みなわ》（雨などでできた同心円の波紋）ができ、それが広がり、それぞれの輪が交差していくようなイメージが心の中に広がりました。

二十年以上もの間、知らずに過ごしてきた〝縁〟に、この本をきっかけとしてふと気付かされたことになります。R市だけでも百人近い子どもの手術をし

人口2万人のR市で宮本の手術後30年たち
拙書『たたかうきみのうた』を“きっかけ”に
判明してきた人間関係

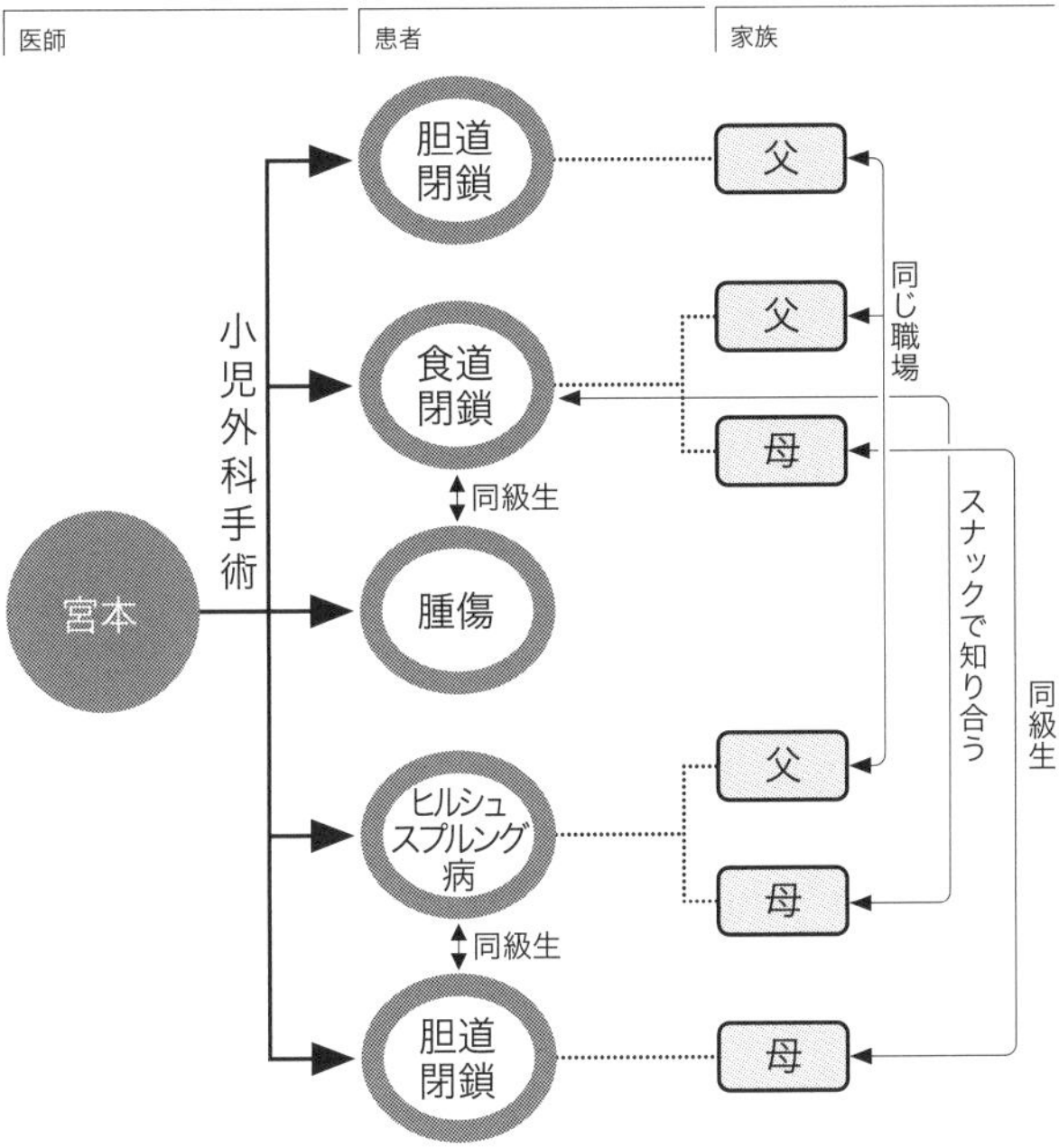

手術してからのち、患者同士・家族同士は、まったくの他人でした。
ここ4年ほどの間に、そうとは知らず『たたかうきみのうた』を
薦め、薦められているうちに人間関係が判明してきました。

ているわけですから、職場・学校・スナックのみならず各々の縁は意外なところに広くつながっているのかも知れませんね。神のみぞ知る領域なのでしょう。人間の身としては、今回のようなささやかな〃気付き〃にも感謝して過ごしたいと思います。

（二〇二〇年三月十七日）

小児外科医の一生では、たどり着けないとしても……

今年は小児外科のスタッフが増え、夏休みに一人や二人が休んでもやりくりできる陣容になったので、にわか教授は優雅な夏休み……と、家内と二人、温泉でまったりしていたときに携帯が鳴りました。病棟からです。慌てん坊の看護師さんからの間違い電話かと思い耳に当てると、スタッフの石井先生からでした。

「明後日に癒着性腸閉塞の手術を行いたいのですが……患者さんは小児科のX

先生なんです。お子さんじゃなくて、ご本人の手術なんです。X先生は成人内科に何回目かの入院をされ、その流れで成人外科に紹介されたのですが、本人は小児外科の宮本先生のところでの手術を望んでいます。成人外科も納得してくれました。夏休みに残っている小児外科医二人ででも手術はできると思うんですが……」

う〜〜む、よりによってX先生とは。ホテルの部屋の天井を見上げ、昔から順に彼との記憶をたどり、ふたたび携帯を手にしました。

「石井先生、手術は何時からだい？　そうか、それなら当日朝五時にこちらを出発すると間に合うので、宮本も手術に入ります」

この手術に入らずに温泉に入っているなんてことはできません。人生には温泉よりも大切にしなければならないことがあるのです。

もう今から十七年ほど前のことです。手術室で学生と術衣に着替えているときに、小児外科を実習していた五年生のお腹に手術創があることに気がつきました。

「赤ちゃんの時の人工肛門の手術だね」

「えっ、どうしてわかったんですか？」

その手術創の部位、大きさ、瘢痕《はんこん》の状態などから、ただそれだけの手術ではなさそうなことにも気がついていました。しかし本人は自分の病気のことは、手術された東北の病院の名前と病名くらいしか聞いていなかったようでした。

彼が実習している期間には、赤ちゃんの人工肛門の造設・閉鎖の手術もあり、彼はそれらの手術を目を輝かせ見ていました。しかし彼の口から出たのは、外科よりは小児内科に興味がありますとの残念な（？）言葉でした。彼は卒業後に小児内科医となりました。


それから七年たち、宮本は旭川で第十八回日本小児外科ＱＯＬ研究会を主催しました。小児外科手術を受けた子どもたちの生活の質＝ＱＯＬ（Quality of Life）について医療職みんなで考えようという研究会です。

この時のプログラム集に宮本は、新生児期に手術を受け今は医師となっている二人の後輩にそれぞれの経験の寄稿を依頼しました。そのうちの一人がＸ先生だったのです。彼は自分の人生を振り返り、自らの経験と考えを記してくれました。その寄稿文には『小児外科の実習で、私と同じ病気の子が三十年たった現在はどのような手術を施されるのか、興味深く見学させていただきました。人工肛門がキズを目立たないように臍《へそ》に成されていることを実際に見ることができ、排便機能を修復するだけではなく術後のＱＯＬ向上にも目を向けられて発展してきた分野なのだということを実感しました』とあります。ちょっとうれしい一言です。さらには『こうした手術を受けたことによる合併症や不安がいつ出現するかは予測できない場合もあるかと思います。従って成人後の不安を解消するため、手術後患児が成人するまで長期的にフォローアップできる体制を作り、その中で長期的な合併症に対する情報の蓄積を行い、成人した患者にフィードバックできるようになれば最も理想的だと思います』ともありました。

彼の父は転勤族であったため、術後早期に小児外科医との関係は途切れてしまったようです。実体験に基づいた重要な一言でした。まさかその後、その〝成人後の不安〟をかかえた彼をフォローアップする機会が訪れようとは、当時はまったく思いもよらなかったのでした。

そしてそれから十年後の現在、彼は外国留学を経て、ふたたび大学に戻り、小児内科医として我々とともに働き出しました。結婚をし、子どもができ、と順風満帆《まんぱん》の生活の中、ふと病院の廊下ですれ違い交わす一言二言の中に彼の腹痛の話題が紛れ込むようになりました。実は彼にとって子どもの時から腹痛は普通のことになっていたようです。ところがついに最近、腸閉塞で入退院を繰り返したと聞き、気にしていたところでした。そんな矢先の電話が冒頭のような手術の話だったのです。

手術当日の朝、宮本が部屋に入ると、X先生の顔がぱっと明るくなったように見えました。いつもの廊下での立ち話の時から、今回のようなことを何となく予感していた二人。

「宮本先生、よりによっておやすみのと

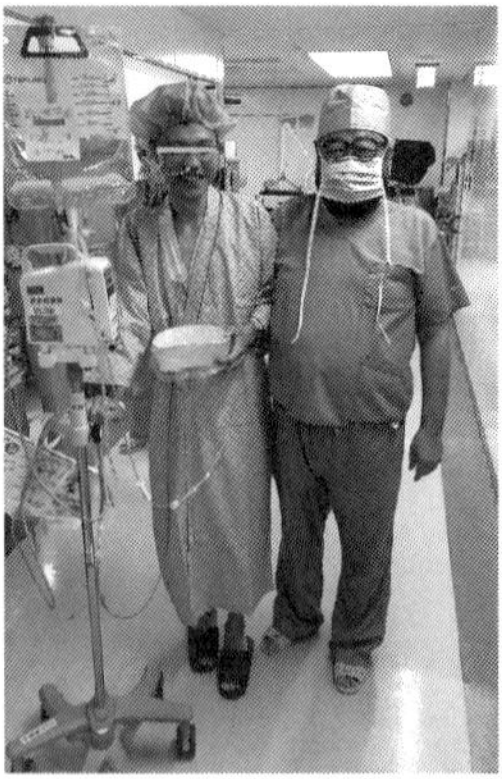

ころ申し訳ありません」

よかった！　鼻から太いイレウス管が入っており頬はげっそりとこけてはいるものの、ニコッとそう言う彼の目には力があり、愛嬌がありました。手術室に入るときには、

「いいですよ、一緒に写真も撮ってください。宮本先生の本に載せられそうな話になってしまいました……」

手術には三時間ほどかかり、腹部全体におよぶ癒着からは赤ちゃんの時にひどい腹膜炎を起こしていたことがうかがえました。以前彼の書いた手記に、生まれてから六か月ほど入院していた、とありました。普通は生まれてすぐ人工肛門を造った後には退院し自宅で過ごすので、てっきりお母様の勘違いかと思っていたのです。しかしあながち勘違いとは言い切れない手術所見だったのでした。四十一年前に手術した小児外科医にとって、いえいえ誰よりも彼にとって、命をかけた厳しい半年だったに違いありません。

今回の手術にあたり、つてをたどっていくつかメールやメッセージで彼の主治医を探ったのですが、探り当てることができませんでした。X先生はと言え

ば術前はもとより術直後からも、部下から来る問い合わせに答えるべく手元に院内用のＰＨＳを置き、コンピューターで英文論文のチェックをしていました。日々回診で彼の姿を見るにつけ、この姿を四十一年前の執刀医に伝えたく思いました。手術を終え自宅での夜……宮本は目に見えぬ四十一年前の執刀医に乾杯しました。

「あなたの手術で救われた命が、ここで花を咲かせ実をつけていますよ」

自分が手術をした子どもたちの、自分より長い人生。小児外科医一人の一生ではたどり着けないとしても、命のバトンならぬ「医のバトン」をつないで引き継いでいけたら……。

〈追記一〉

その後、執刀医が判明いたしました。秋田大学で、小児外科講座もない草創期に小児外科をされていたＦ先生でした。宮本には面識がありません。秋田大学にその後できた小児外科講座に在籍されていた先生のお話では、

F先生は十年ほど前に亡くなられたとのことです。もうX先生のことを伝えることもできません。ご冥福をお祈り申し上げます。

（二〇一八年八月二十五日）

〈追記二〉

あれから二年経ち、宮本の定年退職でF先生から渡された〝医のバトン〟を後輩に引き継ぐこととなりました。人生百年と言われる時代、赤ちゃんの時に手術を受けた人の一生を診ていくには四世代ほどの小児外科医がバトンを引き継ぐ必要があるようです。小児外科医は、自分たちの手術した子どもの行く末を見つめ、そこから得た教訓をもとに次の手術の工夫を考えてゆかねばならないのです。

（二〇二〇年七月二十日）

ばちがあたる

先日、助手席に家内を乗せ、買い物にとランドクルーザーのハンドルを握りました。いつものように交差点を右に曲がると、すぐさま家内の声、

「どこに行くつもりっ!?」

車に乗る前に家内と話していたスーパーとは逆方向に向かい始めていたのでした。ここはどこ？　わたしは誰？　の状態!!　最近こんなことが増え、家内は気にしているようです。な〜〜に、大したことではない！　ちょっと考えごとをしていただけ……と、心の中で言いながら、少し先の駐車場を利用してUターンし目的の店に向かったのでした。

スーパーでお買い物の最中、家内がポケットやバッグを探り、買い物メモを探しています。見つからないようです。横目で見ながら、

「まっ、人生いろんなことがあるな……」と余裕の発言です。

円熟？　老成？　した夫婦の片鱗を覗かせつつ、二人の記憶力テストのつもりでメモの記憶をたどり買い物を続けました。おつまみチーズに手を伸ばしたところで突然、

「宮本先生！　お久しぶりです。お元気でしたか！」

がっちりとした髭の男性から大きな声をかけられました。

？？？

「二十六年前に手術していただいたユウタです」

すぐにかわいかった赤ん坊時代の顔が思い浮かびました。ユウタ君を遊ばせていたお母さんの姿と話しぶりも思い浮かびました。五歳くらいまで外来に来ていたヒルシュスプルング病[1]術後の子でした。十歳くらいの時に急性虫垂炎の手術もしているのです。

「お母さんは元気かい？　それにしてもよく先生だとわかったね、髭も生えてるのに……」

「母は元気です。宮本先生は一発でわかります。なんといっても命の恩人ですから！」

少し立ち話をした後、たまたま肩掛け鞄に入っていた自分の書いた本を手渡しました。不思議なことに、鞄に二冊入っていた本はどちらも一冊目の本であったので、スーパーの会計を済ませた後、ランクルに戻り『Ⅱ』を手に再びスーパーに戻りました。会計の列に並ぶユウタ君に二冊目の本を渡し、

「元気でね、お母さんによろしく……」と、握手しました。

ユウタ君のあまりにもゴワゴワとごつい手に驚き、仕事を尋ねると、

「焼き鳥焼いています」とのことでした。

車での帰り道に、ユウタ君の思い出話をしている時、家内が、ふと、

「良かったね！　命の恩人って言ってたよ。スーパーでユウタ君に出会えたのは、行くときに道を間違えたからかも知れないね。ほんの数分早くても会えなかったかも……」

道を間違えたことを気遣う観音様のような家内の発言に〝もし数分早かったら、絶世の美女に出会えていたかも知れない〟という言葉が思い浮かんだのですが、これは〝ばちあたり〟というものでしょう。心の消しゴムで消しました。

最近このような出会いが続いています。仏様のお計らいであるなら、宮本の命の蠟燭《ろうそく》が短くなったから会わせてくださるのか……などと勘ぐってもしまうのですが、これまたひどい〝ばちあたり〟ですね。今ある〝さまざまなめぐりあいという幸せ〟を大切にしていこうと思います。

（二〇一九年四月十九日）

大きな茶色の瞳

小雪舞う新年会シーズンの夜のことでした。緊急コールを受けた宮本はなかなかタクシーをつかまえることができず、やっとの思いで大学病院へ到着したのは深夜一時をまわった時でした。小児外科の後輩の奥さんが緊急のお産となり、手術室ですぐにでも赤ちゃんの手術が行えるようにと、深夜であるにもかかわらず父親以外三人の小児外科医がそろいました。父親は上のお嬢さんに付き添い、病室で待機していたのでした。

実は、ご両親には出生前に、新生児科と小児外科からお腹のお子さんの状態につき説明をしていました。赤ちゃんの食道が閉鎖しているかも知れず、出生と同時に緊急手術となるかも知れないこと、手術は大手術で複数回必要であることなど話しました。また、肛門の異常もありえ、そうなると染色体異常も疑われることについてもお話ししたのでした。

父は小児外科医で、母は元看護師ですのでしっかりと聞いていただけたのですが、衝撃のあまり二人の表情は硬く、話の最後までうまく伝わったか不安でした。実は、父は小児外科医として食道閉鎖症の手術を経験したばかりで、手術と術後の大変さを実感していた時だったのです。一般に父親とは子どもについてのこうした衝撃で落ち込みやすく、自分の生活まで崩壊するかのような気持ちにもなりやすいものなのです。

そして出産をむかえ、すぐに新生児科と小児外科が赤ちゃんの全身状態をチェックしました。嬉しいことに、大きな泣き声を上げる赤ちゃんの鼻から入れた管は食道を通り胃の中へ入りました。食道の閉鎖はなかったのです。そして肛門にも異常はありませんでした。しかし、赤ちゃんの顔つきや体つきは、ダウン症を疑わせるものでした。宮本はその場で確実なことだけ母に伝えました。

「食道も肛門も大丈夫!!」

それを聞いて、母の澄んだ大きな目から、涙がこぼれおちました。控えていたもう一人の小児外科医は、部屋の外で院内ＰＨＳで父親に報告しています。

「食道と肛門は大丈夫です！　しかしダウン症かも知れません……」

産後、少し落ち着いたころを見計らい、母のいる病室を訪ねました。宮本が、赤ちゃんが食道閉鎖症でなくて良かった、ダウン症はまだこれからきちんと調べないと、と言い始めると、

「宮本先生、本当にありがとうございました。あの時お顔の見えるところで付き添っていただいてホッとしたんです」

気丈な若いお母さんの言葉に安心し部屋を去ろうとした時、彼女にヒタと見つめられました。

「先生、わたし、あの人にあきらめて欲しくないんです」

えっ、何を……と思うまもなく、

「わたし、この子のことで、あの人の希望する小児外科をあきらめて欲しくないんです」

驚きました。若い妻は、夫の気持ちが障がい児をかかえたらきびしい小児外科を続けていけないと不安定になっていることを感じていたようです。彼女の大きな茶色の瞳がますます大きく潤んできたのは、突然瞳の全面に涙が湧き上がったからでした。見たこともないような大きな涙が一粒ゆっくりあふれ頬を伝い落ちました。小児外科医として、体が震えるくらいすばらしい言葉を聞いたのはこれが初めてでした。彼女の口からぽつぽつと話される夫への思いやりに心が洗われるように感じました。そして最後にさらに、

「先生、わたし次の子必ずつくりたい……」

今お産が終わったばかりなのに、普通はその子のことや生活のことだけで頭がいっぱいになっているはずなのに……まいりました。彼女はしっかり未来をも見つめていたのでした。

その後、この赤ちゃんは、しっかりもののお姉ちゃんとともに、すくすく育っ

ていきました。そしてあれから二年たち、さらに小さな可愛い妹も生まれました。

宮本夫婦は新築のお家に伺い、生まれたての赤ちゃんを抱っこさせていただいたのですが、奥様はかいがいしく動いており、大きな茶色の瞳を間近に見ることは叶いませんでした。

もしも泪《なみだ》がこぼれるように、
こんな笑いがこぼれたら、
どんなに、どんなに、きれいでしょう。

金子みすゞ／「わらい」より

『こだまでしょうか、いいえ、誰でも。──金子みすゞ詩集百選』宮帯出版社、二〇一一年

（二〇二一年六月二十一日）

五十代と六十代になった中学生と医大生 三十九年ぶりのめぐり逢い

退職後、新しい職場に移ってから二か月たちます。とはいえ、週三日の仕事ですので、八週間でまだ二十四日しか働いていないことになるのですが……ほとんどが慣れない仕事であり、また慣れない会議も多く、良い意味でのストレスがかかっていっています。体重はちっとも減らないのですが、いいことも一つありました。乳児期に大腿部《だいたい》への長期点滴を受け大腿四頭筋《しとうきん》に問題を抱えていた宮本に、このころ老化の一種であるフレイルという事態が生じていました。フレイルとは、加齢に伴い筋力が衰え、疲れやすい症状が出てくることです、そのため階段の上り下りに苦労する状態でした。しかし、この二か月でやっと職場で三階自室までの上り（形態的には〝登り〟というべきでしょうか）ができるようになってきました。しかし、まだまだ下りは恐ろしく、手すりにつかまり一段ずつ下りていています。

さてそんな日々の中でのことです。医局で仕出し昼弁当を早弁し、まったりとしていたとき、五十代とおぼしき（名前と顔がやっと一致してきた）副院長が話しかけてきました。

「宮本先生、こんなときになんですが……ちょっとお話いいですか。医局に置いてあった宮本先生の退職リーフレットを眺めていた時に、ふと気付いたことがあるんです。先生は医学生時代に小児科の実習で、当時大学病院に入院していた僕を担当してくれたのではないでしょうか？」

「えっえ〜〜」

思わず自分と同じような体型と後頭部を持った彼の顔を、まじまじと見てしまいました。今の病院では二十名ほどの医師とともに働いていますが、就職にあたり、その名簿を見た時に実は彼の名前に惹かれるものがあったのです。しかし出身大学も専攻も異なっていることに気がつき、どこかでたまたま見かけた名前なのだろうと思っていました。

「五期生には宮本という名前の方が他にもいらっしゃいましたか？　実はその時の胸の名札に『5：宮本』とあったことと、そのお顔をかすかに覚えているのです」と彼。

確かに同級生にはもう一人宮本という名の男がいる上、一期上にも宮本という名前があったので、その時は半信半疑で、家に帰ってからもう一度考え直してみました。家に帰り探してみると、書斎の机の片隅に保存してあった学生時代の黄色い名札が出てきました。そこには『5G宮本和俊』とあります。ただしこの『5』は五期生の五ではなく五年生の5です。さらに、今では札幌の実家保存となっている学生実習ノートに彼の病気（小児科では珍しい？）について勉強し記入した記憶があるのです。

翌日、もう一度彼に入院していた時期を確認しました。ぴったり宮本が5年生の時期と一致しました。そしてその担当医学生は黒縁眼鏡をかけていたというではありませんか。もう間違いないでしょう。なんと三十九年ぶりの出会いでした。かつての可愛い子どもと青年医学生が今ではすっかり見る影もない（失礼、堂々とした？）おっさん二人となりはてています。はたして宮本は、十二～十三歳で思春期に入りかけた彼が医学の道に進むきっかけの一つとなりえていたのでしょうか？　コロナの時代、ゆっくり飲みながらとはいきませんが、いつの日か杯を交わしたいものです。

新しい職場のスタッフは五百人、そのすべての方にお会いできているわけではありません。その中で宮本が手術したお子さんたち五人の親御さんたちにそれぞれ思わぬところで挨拶していただきました。今回は退職リーフレットをきっかけとしてこのような三十九年ぶりの出逢いもありました。小児外科を退職し手術から離れ、なかなか気持ちの切り替えが進まない中、思わぬ出逢いに気付くと、生きることに前向きになりますね。さあて、五階にある医局まで、階段で昇り降りできるようになりたいと思うようになってきました。

写真はまさしく、彼が大学病院の小児病棟に入院

していた中学生のころ見ていた名札なのです。

（二〇二〇年八月十四日）

便秘診療はドラマがいっぱい！

以下の文章は今勤務している道北勤労者医療協会の広報誌『道北の医療』に掲載した文章に加筆・訂正・編集を行ったものです。こども便秘診療開始後半年の様子を記しましたが、反響が多く、掲載させていただきました。

こども便秘診療その後

昨年この医療講座で「こどもの便秘」について書かせていただき、二〇二〇年十月十九日から一条通病院小児科の中でこども便秘専門診療を始めました。それ以降、半年たちこの原稿を書いている時点（二〇二一年七月三十日）までで、「こども便秘診療」に新しく百四十人の子どもたちが受診しました。便秘治療は一回では終わらず何回も受診し、数か月から一年以上におよぶこともあります。そのため当初は週に一回、それも半日だった診療時間枠ではとうてい足りず、週二回の診療枠としました。しかし、それでもなお、ひと月先まで予約でいっぱいです。受診する子どもたちの居住地域は旭川市やその周辺町村からだけでなく、遠くは根室、占冠《しむかっぷ》、北見枝幸《きたみえさし》、羽幌《はぼろ》、稚内《わっかない》と三〇〇～四〇〇キロも離れた市町村から、さらには医療の充実している札幌からの受診もありました。コロナの時代で小児科も受診患者さんの数が減っている中、これだけの受診があったということは、〝北海道初〟の子ども便秘専門診療であるということに加え、いかに多くの子どもたちとその家族が便秘に悩み、明解な治療を望んでいるかということを示していると思います。来院したお子さんたちの九割以上が他の病院で治療しても軽快しないお子さんたちであり、中には他院を四～五か所以上経て来られた方たちもいらっしゃいました。

　こども便秘診療では毎回ドラマがあり、医師、看護師、検査技師は診療に終始するだけではありません。時には驚き、時には抱腹絶倒《ほうふくぜっとう》、さらには涙したり、考えさせられたり……この後は少しだけそのドラマをお伝えできればと思います。（プライバシー保護のため、名前や状況をいくつか変えたところがあります）

おじいちゃんが心配していた三歳のノンちゃん

ノンちゃんは旭川近郊の町から来ました。お母さんが熱心にわが子の便秘の経過を話し、泣き叫んでうんちする娘の苦しみと家族みんなの悲しみをお話しししています。ふと気になり、

「どうしてここに来ることになったの？」と聞いてみました。

お母さんはごそごそとカバンの中からしわしわの紙を取り出しました。

「この子のじいちゃんもずっとこの子の便秘を気にしていて、この前これを持ってきてくれました」

紙の皺《しわ》を広げ見ると、『道北の医療』のこども便秘診療の切り抜きでした！　このように小さな子どもの苦しみは子ども一人の問題ではありません。親のみならず、兄弟や、おじいちゃん、おばあちゃんにまでその影響

はおよぶのです。別のお子さんのお母さんは、「小学校の先生が北海道新聞に載った宮本先生の便秘記事を切り抜いて持ってきてくれました！」と言ってくれました。

子どもの便秘でも重症な症例は学校や保育園でも周辺を巻き込む大変さなのです。

病院が大嫌いだった四歳のマコト君

外来にお父さんと四歳のマコト君がやってきました。赤ちゃんの時から便秘がひどく四年間で三か所の病院をまわっているけれど一週間も便が出ないのは当たり前とのこと。お父さんの陰に隠れるようにおどおどした男の子で、各病院で浣腸をされたり、肛門に指を入れ便をほじられたり……で、病院が大嫌いな子でした。

「浣腸の〝か〟という声でも聞こうモノなら泣き叫び逃走します！」と、お父さん。

まずは下腹部から臍の上まで硬く触れる便の塊を出すところから治療が

始まりました。数日かけてオリーブオイルを肛門から注入し便を軟らかくしてから、さらにオリーブオイル入りの浣腸を行い大人の掌《てのひら》山盛り二つ分ほどの硬い便塊《べんかい》をオムツに出しました。便の塊が腸につまることを便塞栓[2]といいます（写真参照）。あまりの大きさにお父さんの目も点になっています。

「こんな大きなの、大人の自分でも出せない」ボソッとお父さんが一言。

その後、排便を薬で助けながら、緩くガバガバになった腸が細くなるのを待ちました。三か月ほどたった時の再診でのこと、医師診察前に問

便塞栓（硬便が大腸に充満し大腸が太く拡張）

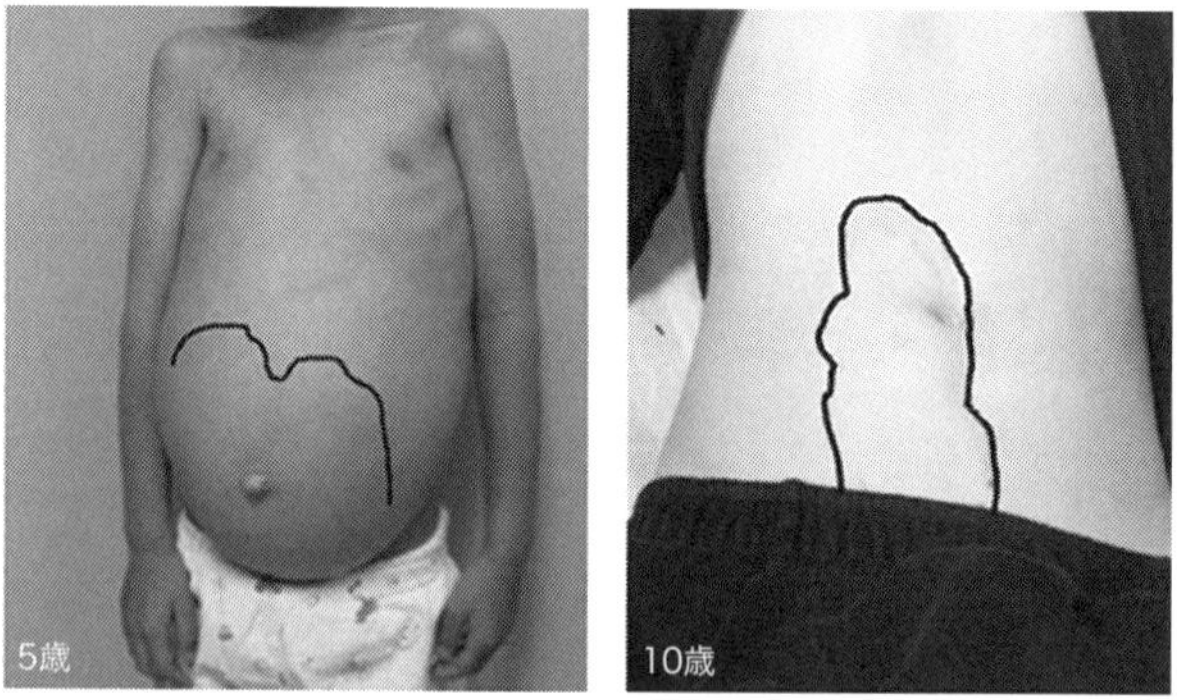

診をしていた看護師が嬉しそうに、

「マコト君、今日は先生に何か直接言いたいことがあるみたいですよ！」

元気にドアを開けて飛び込むように入ってくる男の子！　マコト君です。

「先生、保育園でウンコ出た‼　スルッと出たよ！」

後から、お父さんが満面の笑みで登場し、

「先日嬉しいことがありました。保育園で先生が驚いて話してくれたんです。『この子はこんなに活発で、ごはんもモリモリ食べる子だったんですね〜〜』って言われたんです。その場で、嬉しくて泣きそうになりました。それまでどんなに辛かったんだろう、治療できて良かった〜〜」

まるで北風と太陽？　十歳のサトル君

このコロナの時代は高齢者のみならず、実は子どもの生活にも重大な影響をおよぼしています。お父さんお母さんとともに十歳の男の子サトル君が来院しました。ご両親は心配そうに、

「従来便秘気味だったんですけど、ステイホームをきっかけにひどい便秘

になったみたいなんです。一か月前に病院で浣腸をかけて以来まともな排便をしていないんです。いろんな病院でいろんな薬をもらったけど出ません。最近は便も尿も失禁状態で、学校にも行けず、食事もとれず、痩せてきました」

当院が五軒目の病院受診でした。

腹部を触診すると、骨盤から肝臓に接する上腹部まで、フットボールのような巨大な便塊を触知しました。肛門はいつも開きぎみで便塊がかすかに見えています。まずはこの便塊を除去しなければ治療は始まりません。一週間かけて何回もオリーブオイルを肛門から注入し何とか便を軟らかくしようとしました。

一週間後にいよいよ特別な浣腸を行いました。宮本とご両親が、がんばれがんばれと励ます中、サトル君は外来の大きな身障者用トイレの片隅で足を突っ張らせ、便を出したくても出すのが恐ろしくパニックになっています。

「まったく根性のない子なんだから、押さえつけて出すなり何なり、やっちゃってください」

ご両親から威勢のいい言葉が飛び出しますが、目には涙があふれています。この状態では入院しての洗腸や、時には麻酔をかけての摘便が必要と判断し、宮本は大学病院への紹介状を書き始めました。サトル君のパニックを見かねた外来看護師二人が体をさすり優しくなだめ、便汁で汚れたズボンを着替えさせようとし、そのままトイレに座らせようとしているようです。紹介状をほぼ書き上げたところで、トイレから歓声が上がっているのが聞こえました。慌てて駆けつけると、

「ゴツゴツゴツ……とトイレに出せました‼」

まるでイソップ寓話の「北風と太陽」のようなお話。看護師さんたちの温かく優しい心遣いが、医師や両親の厳しい励ましよりサトル君の心に響いたということでしょう。看護師さんたちには頭が下がります。さてその後、サトル君家族が喜び帰った後に、

「大変です、トイレが詰まっています‼」

と看護師が飛び込んできました。彼女たちは慌てて手を（もちろん手袋

をはめ）トイレにつっこみ、大きな便塊を三個手でつかみ出してくれました。ますます頭が下がります。しかしそれでもトイレのつまりは直らず翌日修理業者が、トイレを解体し、さらに二個の便塊を取り出したのでした。

その後お腹がペッタンコになったサトル君は翌日から大好きだった焼き肉を食べられるようになり、二週目からオムツで学校に行けるようになりましたが、尿意が戻ったのは二か月後、便意が戻ってきたのは四か月後から で六か月後には排尿排便にまったく問題がなくなりました。

「トイレまで便秘になる便秘でした」と、お父さん。

外来でサトル君の家族、医師、看護師みんなで大笑いでした。

いかがでしたか？　こんなにも便秘の子どもたちがいてその周りには心配している家族、親族、教育関係者がいらっしゃるのです。そうしてほとんどの子どもが便秘治療によって笑顔を取り戻していきます。ドラマであふれる外来を医師、看護師、技師、事務職員で泣いたり笑ったりしながら支えていきたいと思っています。

（二〇二一年五月三十日）

きずな

ラミーヤの駆けぬけた夏

来旭《らいきょく》前の準備に大わらわ

二〇一九年八月、国際医学生連盟留学生のラミーヤさん（以後は親しみをこめてラミーヤと呼びます）を小児外科で受け入れました。彼女はボスニア・ヘルツェゴビナのサラエボ大学医学部六年生です。過去にはウィーン大学からフィリップ君（以下フィリップ）を受け入れたことがあります。今、彼は卒業し小児外科医としてバリバリ活躍中です。フィリップの時は二人だった小児外科スタッフも現在では四人となり、受け入れ態勢は万全のはずでした。ところが、ところが……。

ラミーヤが来旭する一週間前になり、彼女がムスリム（イスラム教徒）であることが判明したのです。ホストの女子学生Uさんも我々も大パニックとなりました。お祈りは？　食事は？　飲み物は？　かぶり物は？　そもそも言葉は？……など、解らないことばかりだったのです。

みんなで情報の収集、そして準備が始まりました。「日本ではサラダを中心に食べます」との情報が伝わってはきましたが、まず、ハラール認証（食品物がイスラム教の戒律を満たしていることを認定するもの）を受けた基本食品を用意しました。ブルネイ産ミネラルウォーターをはじめ、国産でもハラール認証を受けている醤油、酢、味噌、ドレッシング、マヨネーズなど、インターネットを使い二〜三日で取り寄せることができました。とりあえずこれだけあれば大学ではコンビニサラダや豆腐を、ホストの家でもスーパーの食品や日本食を食べていけるかと考えました。

情報収集過程で旭川の駅と空港にイスラム教徒用のお祈りの部屋があることも確認し、さらに旭川にはムスリムフレンドリー・レストランマップなるものがあることも判明しました。なんと、ラーメン、寿司、餃子、ジンギスカン、スイーツまでムスリム対応のお店があるのでした。

さらに、ふと気がついたのは、彼女の国のことを何も知らないことです。自分でいくつかの資料を用意しました。まずはビデオ『サラエボ、希望の街角』

『ウェルカム・トゥ・サラエボ』。次には本『ボスニア物語』『ぼくたちは戦場で育った』(3)、また家内の蔵書にあった『オシムの言葉』そして絵本が二冊『平和の種をまく』『地雷ではなく花をください』。なんということでしょう、ボスニア・ヘルツェゴビナは二十年前まで戦争があり、彼女は戦争中に生まれた子どもなのです。ボスニア・ヘルツェゴビナはヨーロッパ最貧国と言われ、人口は三百五十万と北海道より少なく大学医学部はもちろん一か所しかありません。彼女はボスニア人ムスリムの希望の星なのだと知りました。

次に身の回りの準備です。医局に彼女の机とロッカーを用意し、フィリップの時にとても役に立ったクリップメモパッド（外科では絵に描いて説明することも多いのです）も机の上に置き、名刺も用意し……と、ここでも彼女のファミリーネームのアルファベットĆの読み方が解らないことに気がつきました！ 彼女の自習用に最新の英語の小児外科教科書二巻もド〜ンと机の上に置きました。彼女の四週間のスケジュール表も作り、白衣やスクラブ（ゴシゴシあらえるVネックの手術着風着色衣）は医局女性医師の洗濯済みのものを用意しました。ふう〜〜！

実は、宮本は彼女の来旭三日目から一週間夏休みだったのです。宮本のいない時にやってもらおうと彼女向けの宿題（独自の質問票つき）を三題用意しました。小児ストーマに関しては平澤先生、小児鼠径《そけい》ヘルニア(4)は宮城先生、小児虫垂炎は石井先生に指導担当してもらい、それぞれ英語でミニレクチャーをするように指示しました。ここでお気付きかとは思いますが、外国人留学生を受け入れると小児外科スタッフの英語力が猛烈にアップします。我々のためにもなるのです。

彼女のいる四週間、日常会話も、カンファレンスも英語としました。逆に彼女には日本語がわからなくても、日々の患者さんとの会話、術前のインフォームドコンセント（手術などの説明と同意）にも必ず立ち会ってもらうようにしました。言葉がわからなくても、医師・患者・家族の表情を読んでもらいたいと思ったのです。医者志望であれば必ず何か得ることがあるはずと考えたからでした。

夏祭りで山車《だし》に乗る

彼女の来旭初日、ホスト役の一年生女子医学生Uさんを医局秘書さんと宮本がお手伝いすることになりました。旭川駅では札幌からのバスを待つ場所に勘違いがあり、ぎりぎりラミーヤがバスから降りてくるところに遭遇できました。表情豊かな明るいラミーヤが登場！　はやりの（?）破れジーンズ、かぶり物はなし、ピアスはあり、一見細身ですが大きく重いトランクを軽々持ち上げるとはなかなかの筋肉量と推察。

彼女と話を進めるうちにいろいろなことが判明してきました。彼女は医学生としてロシア、スウェーデン、ギリシャでも研修し、多言語を使えること。厳格なムスリムではないが、豚肉とアルコールは禁止であること。仕事中は礼拝をしなくていいこと、子どもの時にはギターに夢中で、今は毎朝のランニングが趣味であること、などなど。アグレッシブで前向きな現代の若者ムスリムさんです。彼女が絶対研修したいと日本中探して希望してきた我が小児外科で、なんとかひきうけていけそうな気がしました。

到着初日は旭川夏祭りの最終日でもあり、ラミーヤ、Uさん、秘書さんとともに夕方から夏祭りに繰り出しました。日が沈む頃になってからの〝よさこい演舞〟に続き、神輿《みこし》が出てからは旭川にこんなに人がいたのかというくらいの人混みと熱気となります。屋台では女性三人で大きな「フルーツミルクかき氷」をつつきながらワイワイ。ラミーヤは「こんなにおいしいもの初めて食べた！お母さんに食べさせてあげたい!!」と早速写真をＬＩＮＥで祖国の母に送り大はしゃぎしています。〝神輿かつぎ〟の喧噪《けんそう》を横目にムスリムフレンドリーラーメン（鶏醤油）も、おいしいおいしいと、〝すする〟ことはできないのでモグモグと口に入れスープまで完食。そのあとは秘書さんの知り合いの山車に乗せてもらい、大盛り上がりでした。

過去の紛争に涙ぐむ

さて、一日おいて月曜日、大学初日。教授室でオリエンテーションの後スタッフに紹介し、彼女に宿題を与え、夜には宮本家で歓迎パーティーを行いました。ラミーヤの実習後半二週間を担当するホストの若手女医鈴木先生も参加しました。

食事はムスリム対応ドレッシング、醤油、マヨネーズを用いたサラダが中心。用意したサラエボ関連の資料を見ながらワイワイ。日本産のハラール認証ノンアルコールビールのまずさに閉口しながらも、ラミーヤは「日本でそんなにオシムが有名なんだ！」とびっくりしていました。さらには彼女のお兄ちゃん世代が書いたという本『ぼくたちは戦場で育った』を手に取り、セルビア人たちとの確執や辛い戦争体験のことを話し始めました。彼女は当時一番安全だった地下室で生まれ、お兄ちゃんたちが一番苦労したとのことで

した。この時ふと、彼女の目に涙が浮かんでいることに気がつきました。

　このパーティーには二週間後にタイに行くので英語の勉強にと平澤家の長男が参加していたのですが、ラミーヤは彼が北海道のことを英語で説明できないことを心配して「あなたはタイに行ったら、一人でも日本を代表する大使よ。日本のことや北海道のことを説明できるように勉強しなきゃ」と、まるで姉のように話していました。それを聞き、この娘《こ》は、そんな緊張感を持って旭川に来ているのだと感心しました。

　次の日から宮本は夏休みに突入しました。彼女が四週間の間に経験した手術症例は、胆道拡張症[5]一例、先天性十二指腸狭窄《きょうさく》症[6]一例、鼠径ヘルニア八例（うち鏡視下四例）、気管支のう胞[7]（ＶＡＴＳ）一例、開腹噴門形成術[8]一例、中心静脈リザーバー[9]埋め込み一例、豚の肝移植実験三件でした。特に最後の豚の実験は宗教上心配したのですが「No problem!（何でもないわ）」と一言。次ページの写真は病棟回診と手術中の様子です。夏休み期間で、学生も研修医もおらず、これは彼女に集中できるという点で我々にとってもラミーヤにとっても幸いでした。

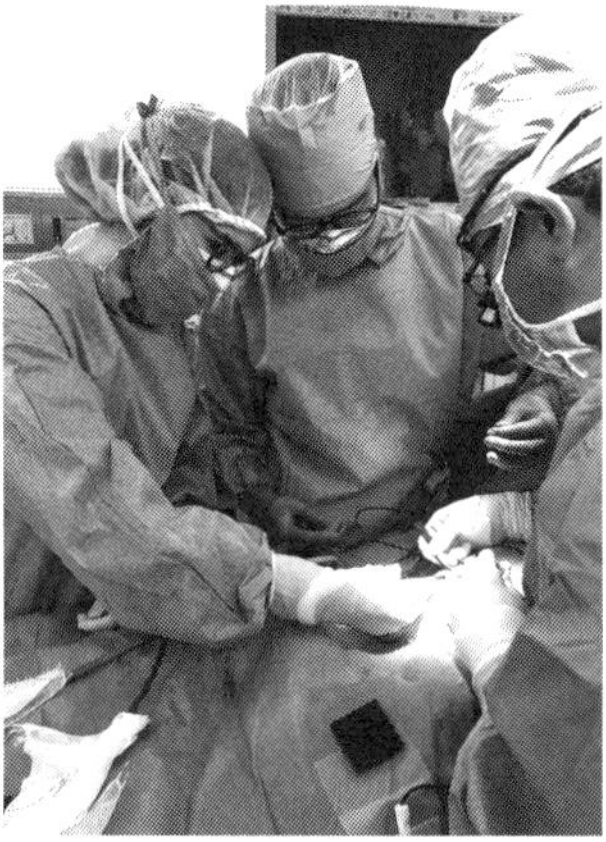

温泉とサウナを満喫

宮本夫婦は夏休みを一日繰り上げて帰旭しました。その日に、ラミーヤとUさんを旭岳ドライブに連れて行ったのですが、あいにくの霧と雨。それでもロープウエーで登り、姿見の池周辺を散策しました。昼ご飯は鶏天ぷらうどんを選びました。食後には彼女にとって初めての温泉です。温泉は宗教のこともあり心配して何回も確認したのですが、大丈夫と笑顔で返事があり、午後三時の開館と同時に入浴しました。男女とも風呂には我々しかおらず巨大な貸し切り風呂となっていて、彼女はすべてのお風呂とサウナを楽しんだようでした。

三週目に、小児外科の夏休み家族パーティーがあったので、ラミーヤも参加。当初焼き肉パーティーを企画していたのですが、ムスリムのラミーヤが参加とのことでシーフード・手巻き寿司パーティーに変更しました。ここで家内が三十年ほど前に（！）着ていた浴衣と帯、宮本母の遺した新品鼻緒ゲタをプレゼントしました。写真はトトロを手にした石井先生のお嬢さんとのツーショットです。最終週には送別パーティーをムスリムフレンドリー寿司屋で行いました。

一日二十時間の勉強！

彼女との一か月を振り返って、一番驚いたのは彼女の勉強量と記憶力、そして論理的展開能力でした。与えた分厚い教科書を自分のノートにアルゴリズム風にまとめながら読むのは当たり前で、図書館での調査、インターネットでの検討と、我が校の医学生たちではなかなか見ることのできない真剣さでした。宿題をただやってくるだけではなく、内容を踏まえてさらに深く考察しています。そのため教授室での討論が楽しかったのです。日本人学生なら宿題の質問票に答えを書いて提出、でしょうが、彼女は紙に答えを書いてきません。頭の中にデータも答えも入っていて、大切なことは教授の前でその質問票を前にどうプレゼンし討論できるか、という姿勢でした。宮本も与えた教科書の該当部分くらいは読んでから討論したのですが、その議論では自分の経験すべてを吐き出すくらいの思いをしました。

ラミーヤが人生の中で二度と戻りたくないと言っていたのはサラエボ大学医学部一～三年の時代とのことです。一日十五時間の勉強というので、何だ九時間寝られるのかと思ったら、学校での五時間の勉強を除いて十五時間とのことでした。十五時間には勉強しながらの食事の時間も含まれているようです。食事の時に医学用語の英語とドイツ語の勉強のために『ER緊急救命室』や『アナトミー』などのビデオを観るのが唯一の楽しみだったと言います。日本の医学教育はまだまだ「ゆとり」の軛《くびき》から抜け出ていないと痛感しました。

大粒の涙の理由

研修を終え、旭川から千歳《ちとせ》に向かう帰路、ラミーヤは札幌で開催される高校同窓会に出席する宮本の車に同乗しました。出発の時、後半のホストを務めた鈴木先生の自宅近くのコンビニで待ち合わせをしました。大きなバックパックを背負い、巨大なトランクを押しながら来るラミーヤ、ふと見ると、すすり泣いています。宮本のそばに来た時には、嗚咽《おえつ》とともに大粒の涙が次から次へと。鈍感な宮本が、お腹でも痛くなったのか？　足でも痛いのか？　と英語の質問を考えていると、彼女はコンビニ前の路上で話し出しました。

「日本での研修がとても不安だった。なかなか小児外科の研修が決まらず北の果ての旭川に決まった時にはますます不安になった。やっと旭川に着いてからめまぐるしく、すばらしく事態が変わっていった。いっぱいすばらしい経験を思い出し、いま帰る時になって急に涙が出てきたの……」

この四週間で彼女の眼がうるんだのを見たのは、宮本家で戦争の話をした時だけだったと思います。明るく、みんなに気を使い、まったく異なる文化の中で努力をして気を張っていた四週間がいま終わるという時になり、さまざまな感情の波が彼女に押し寄せていたのだと思います。凄まじく大粒で、止めどなく流れる涙のせいで、コンビニの前に水たまりができそうになりました（！）。慌てて車に乗せ、車の中でＷｉ－Ｆｉを使えるようにしました。ドライブの間中彼女はボスニア・ヘルツェゴ

後日、ラミーヤから届いたメール

Dear professor,
I have tears in my eyes while I read this.
Everything turned out beyond my expectations.
Like I said earlier I am really grateful that I had a chance to do exchange on your department, with one amazing team. You made me feel like one of your doctors and also like home. You are truly my role model. The way you talk to patients, work ethic but still keep up with work life balance and relationships with other people. I want to be like you.
My family can not thank you enough they keep repeating that you have to come and visit.
Japan and you and your team will always have a special place in my heart.
I know I will come back again.
Best regards my favorite professor
Lamija- san

ビナの母親とおしゃべりをしています。研修中には見ることのできなかった少女のような表情で、尽きぬ会話が嬉しそうでした。お母さんからは何回もProfessor（教授）によろしくと伝言されます。やがて千歳の外国人専用簡易宿泊所に着き、荷物を下ろし手続きが終わった彼女が振り向くと……そこにはまたもや大粒の涙、そして二人の間にトランクを挟んで（?・）しっかりとハグ。もう老いて涙腺も乾き果てたはずの宮本も周りの風景がにじんでしまいました。ここで宮本は彼女の人生劇場から、後ろを振り返ることなく退場……格好良く車を出発させたのですが、感極まるものがあり、角を曲がったコンビニ駐車場で車を止め、呼吸を整えたのでした。

（二〇一九年十二月二十六日）

確率の問題ではない！

人生の中で、同じ小学校、中学校、高校を卒業し、大学の学部まで同じ、という人は何人くらいいるものなのでしょうか？

宮本は定年退職を目前に控え、昨日、そんな女子医学生に遭遇しました。彼女は宮本の四十三年後輩に当たります。孫の世代です。同じ学びのコースを歩んでいるとわかった人間は自分を含めこれで四人となりました。

宮本の通っていた小学校は昔から今に至るまで一クラス四十人で一学年に二クラスしかありません。毎年八十人の卒業生が出たとして、四十三年間では三千四百四十人も卒業したわけですから、その中の四人がまったく同じ修学コースを歩んだとしても、確率的にはそんなに珍しくはないような気もします。

しかし、以前三人目の女子医学生を発見した時にも書きましたが、小学校からの校歌を一緒に歌えることにまだ不思議感があります。一緒に肩を並べて手

術に入ることができるとなると、さらに、かなり嬉しいです。ちなみに一緒に写っている男子学生は高校・大学の後輩になります！　あまり嬉しかったので、二人には『たたかうきみのうた』『たたかうきみのうたⅡ』を押しつけてしまいました！

だがしかし、残り部数も少なくなった今、意を決して（！）買っていただくべきであったかも知れませんね!?

（二〇二〇年一月六日）

五年目の驚き

日本小児外科北海道地方会一〇〇回記念誌を全国へ向けて発送するため、二〇一九年三月に医学生アルバイトを頼みました。当日になり頼んでいた学生の体調が不良となり、かわりの女子医学生が来ることになりました。バイト時間になり、ふと見ると廊下をうろうろしている学生を発見しました。聞くと、心臓外科にアルバイトに来たと勘違いしていた学生でした。

仕事を始める前に、少ない時給のおまけとして彼女に宮本の書いた二冊の本を手渡しました。するとなぜかとても喜んでくれるのです。不思議に思っていると、彼女曰く「宮本先生は覚えていらっしゃらないと思いますが……五年前に北見の高校で、先生がいらして行っていただいた授業を聞いたんです！　浪人しましたが、旭川医大を目指してがんばり、入学することができました。今日は心臓外科のバイトだと思っていたのに、宮本先生に会えるなんて……嬉しかったです！」

以下は五年前、二〇一四年二月二日の宮本のフェイスブックからです。


高校メディカル講座@北見北斗高校　講義終了。

タイトルはキラキラネームならぬキラキラタイトル⁉

「メスよ輝け！―子ども達と共に病気と闘う―」

五十歳以上の方には漫画が思い浮かぶタイトルも高校生には新鮮だという医学部五年生のアドバイスを受けて……。

前半はナラティブというかストーリーテリングと言うべきか臨床のいろいろな場面を……。

後半はヒルシュスプルング病の百年以上に亘る術式の開発を高校生と話しながら……最後にその術式ビデオ……高校生の受けと理解度は直後の記述式アンケートで……とのことでまだ聞けず。

とりあえず帰りの汽車待ち時にご褒美……。

北見海鮮塩焼きそばとビール!!

写真はその時の講義での垂れ幕です。この講義は地域医療を支える人づくりプロジェクト事業の一環として成されました。北見北斗高校で一年から三年までの学生七十五人、他校からの学生十五人、先生たちを加え百人を超える聴衆でした。

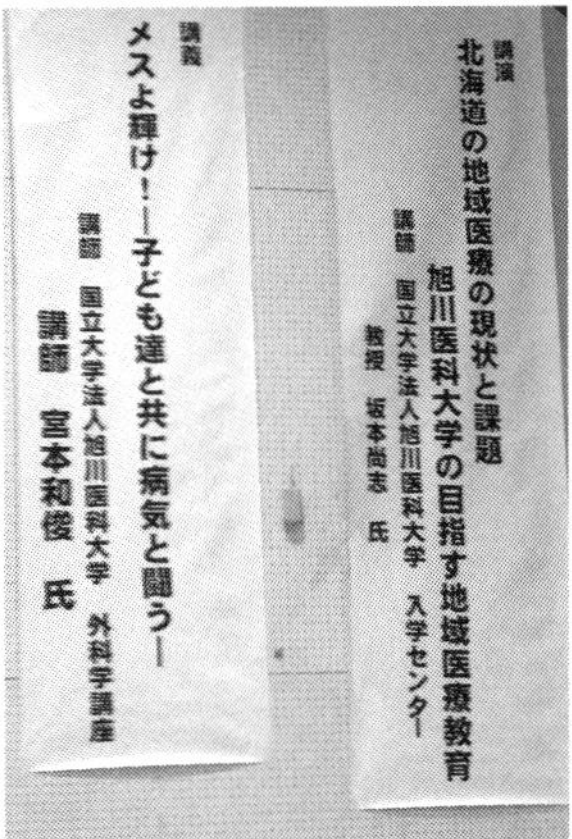
講演
北海道の地域医療の現状と課題
旭川医科大学の目指す地域医療教育
講師　国立大学法人旭川医科大学　入学センター
教授　坂本尚志　氏
講義
メスよ輝け！―子ども達と共に病気と闘う―
講師　国立大学法人旭川医科大学　外科学講座
講師　宮本和俊　氏

そうか！　彼女はあのときの学生の一人だったんだ！　実はあのとき宮本には、外科医が高校生に話をすることの意義が解りませんでした。話も広げすぎたように思います。とはいえ彼女が五年前の講義をとてもよく覚えていることに感動しました。

さらにバイトが終わり患児用の宮本の名刺を渡すと、「あっ、これ宮本先生の講義に出てきました!!」。おお、そうだった。この講義用にまとめた小児外科のショートストーリー十編は、その後発展して拙著一冊目『たたかうきみのうた』のたたき台になっていったのでした。

彼女は今頃家に帰りあの本を読んでいるでしょうか。本の中に次から次へと出てくるお話が、自分が高校の時に聞いた話が元になっていると知り、さぞかしびっくりしているのではないでしょうか。宮本が高校生に講義したのはこの一回だけでしたが、その聴講生が医学生となり会えたことに驚きました。よく考えると、その時の聴講生のうち何人かは旭川医大の医学科や看護学科に入学しているのでしょうが、あれから五年たち、教育センターからは当の演者にそのようなことは伝えられていません。とはいえ、現役医師が高校生や中学生、さらには小学生にだってお話しする意義はあるようです。命の大切さや医学の最前線など興味を持たせる話ができるように思います。だがしかし、五年前の講義の後半でお話しした、ヒルシュスプルング病の百年以上に亘る術式開発の歴史、これは壮大ではありますが、複雑すぎたかな、と今になって反省しきりです。

その後ふと気がついて古いファイルを探し、このときの高校生たちからきた五十九人分の授業に対する記述式アンケートを見つけました。学年と性別しかわからないのでこの中に彼女の文があるかどうかはわかりません。いくつか女子学生の記載を抜粋します。

＊私が今まで病気せず健康に生きてこられたことが特別なことだと感じました。子どもの治療となると、その子の人生に深く影響する分、責任も感動も一層大きくなると思います。お話、心にじんときました。（二年女子）

＊子どもを愛する気持ちがたくさんの子どもの命を助けるのだなと思いました。（二年女子）

＊手術映像が本当にすごかった！　共に闘っていくという患者と医者の関係がとても素敵でした。（二年女子）

＊人との出会いが多く責任重大だけれども、それ以上に喜びややりがいを感じる仕事だとわかりました。医学の進歩もすごいと思いました。（三年女子）

読むと恥ずかしくなるのでこれ以上はここに出しませんが、多くの学生には宮本の気持ちと考え、さらに気合いまで通じて

げんきでいるかな？
あさひかわいかだいがく
しょうにげか
みやもと　かずとし
めーる[redacted]@asahikawa-med.ac.jp
住所　078-8510旭川市緑が丘東2-1旭川医大

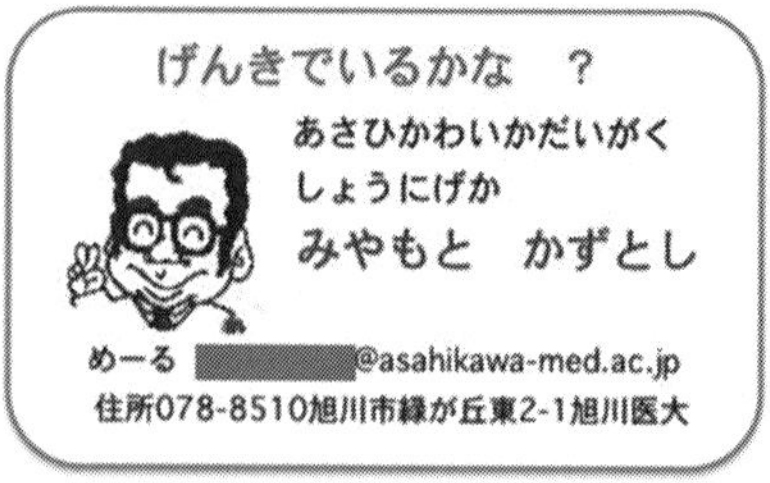
げんきでいるかな　？
あさひかわいかだいがく
しょうにげか
みやもと　かずとし
めーる [redacted]@asahikawa-med.ac.jp
住所078-8510旭川市緑が丘東2-1旭川医大

いたようです。

写真は当時スライドで使った名刺と昨日彼女に渡した名刺を並べてみました。新しい名刺には顔の周りに黒カビが……。

（二〇一九年三月二十八日）

子どもたちに夢のキャンプをキャンパーから職員へ

『たたかうきみのうたII』の「そらぷちキッズキャンプ」の節に公益財団法人そらぷちキッズキャンプを紹介しました。宮本は大学退職後もこの法人の理事を継続しています。

「外で遊びたい」それが夢！　と言う病気の子どもたちがいるのです。小児がんや心臓病、難病とたたかう子どもたちが日本には二十万人以上いると言われています。そんな子どもたちが自分の病気や治療のことを気にせず遊べるよう、特別に配慮した医療ケア付き自然体験施設を創ろうと、この法人は二〇〇五年にスタートしました。

キャンプでは闘病中の子どもをサポートする家族にも休息やリフレッシュが必要と考え、日本全国各地から家族ごと、時には主治医も含めて年間数百人規模でご招待してきました。

滝川《たきかわ》市の広大な高原に宿泊棟や食堂、浴室棟、森の保健室、ツリーハウス、牧場、馬場、散歩コース、スキーコースなどを配置しています。収入は会費・助成金・寄付金・募金などによります。日本チェーンドラッグストア協会や東京マラソン財団、日本財団など多くの企業団体のご支援をいただいていますが、子どもや家族の移動には航空会社の援助、キャンプ設備などにはキャンプ道具メーカーの援助などもいただいています。特筆すべきは日本で唯一、国際難病児キャンプ団体「シリアスファン・チルドレンズ・ネットワーク」のフルメンバー資格を収得し援助を受けることができたことです。実はこの国際団体は僕らの年代には強烈な思い出となっている俳優、あのポール・ニューマン！　が創設した組織なのです。全世界で十七施設ほどしか認定を受けることができていないのです。

ところがこのコロナの時代になり、多家族やグループでのキャンプを行うことが困難となってきました。昨年は、移動の少ない北海道内の病児とその家族を一回に一組だけ日帰りでご招待するという事態になりました。写真は旭川の一家族を日帰りの乗馬プログラムにご招待した時のものです。現在はコンピューターを用いたVR（仮想現実）を取り入れたり感染対策を工夫したりと世界の状況を見ながらさまざまな試行を重ねています。

そんな中、明るい話題もあります。小さな時から難病を抱えながらも関西から車椅子でキャンプに参加されていたミサさんが、成人し、臨床心理士の資格を取り、我々のキャンプに正職員として入職してくれたのです。実は彼

女の赤ちゃん時代の手術は宮本の友人である小児外科医、小児泌尿器科医が担当していると判明しました。新しい風となり我々とともに新しい時代の夢のキャンプを創っていってもらえればと考えています。

さらにキャンプの医療的バックアップの要である、滝川市立病院の新院長として宮本の大学時代の大親友「マッちゃん」が就任しました。「マッちゃん」にはキッズキャンプの理事にも就任していただくことができました。大学時代には、婚約していた家内よりも長い時間を一緒に遊びや勉学で過ごした「マッちゃん」と四十年ぶりに再び同じところで子どもたちのために働く日が来ようとは夢にも思いませんでした。

そらぷちキッズキャンプでは創設者のお一人である横山清七先生と過去の理事である上野滋先生、窪田昭男先生はみな小児外科医であり宮本の大先輩であり仲間でした。現理事長細谷亮太先生は小児科医で、若い時に書かれた参考書を元に医学生宮本夫婦が学んだことがあります。現在現場でナンバー2としてがんばっている宮坂看護師は、東京の大学病院勤務時代に、宮本が旭川で主催した学会の際、宮本家に遊びに来ていました。さらには、そらぷちキャンプには旭川医科大学のボランティア部（部室には宮本夫婦が新婚時代に使用したソファ椅子があります）の学生たち、そして普段一緒に働いている旭川医科大学の小児科医たちが参加しています。今回はさらに二つのご縁が重なり不思議なヒューマンチェーンのでき上がりに驚いています。

（二〇二一年六月二十五日）

〝しばやん〟八十四歳の現在

とうとう、自分も前期高齢者となってしまいました。そして歳を重ねるにつれ、困ることがいっぱい出てきています。物忘れや膝の痛みに加え、数々の妄想まで出てきてしまったのです。八十歳を過ぎた母との同居介護時代、よく聞いていた母の言葉が思い出されます。

「わたし服ないんだよ〜〜」「わたし、お金ないんだから！」

これらの妄想がついに自分にも出現してきました。

「僕、着る服ないんだ！」

「僕、老後のお金がない」

自分の妄想につき家内に告げると、家内が笑います。

「何言ってるの。服はいっぱいあるけどみ〜〜んなサイズが小さくなってるだけ！　お金に関しては妄想じゃなくて、現実よ!!」

あ〜〜良かった！　妄想かと悩んでいたのに……全然妄想じゃなかったんだ……あれ？


閑話休題。

自分が高齢ゾーンに突入し悩んでいることの一つに、相談相手が減ってきたことが挙げられます。実は仕事や人生について、歳を重ねるに従い泰然としてくるかと思いきや、さらに悩むことはいっぱい出てきているのです。そんなとき、今までなら相談できる先輩に愚痴っていたのに、高齢者になりふと身の周りを振り返ると、遠く会うこともかなわぬ場所に行ってしまった先輩、現在深い夢の中を模索中の先輩など、一人また一人と、連絡が取れなくなってきたのです。

そんな中、今までこの本に登場していただいてきたS先生こと〃しばやん〃は特別、もう三十年以上ものあいだ愚痴を聞き続けていただいている心の師です。先生のご自宅は宮本が旭川を出入りする時によく通る国道のそばにあります。先生のお家の前を通るたびに、家の前に先生がいらっしゃらないかチェックするのです。冬は雪かき（近所のお家からは路面を暖めるロードヒーティングが入っていると言われていますが、実は先生は公道までピシッとご自身で雪かきをされ、真冬にも家の前には雪がありません）、そのほかの季節はお庭と畑作りと、家の外に出ていらっしゃることが多いものですから出会う確率も高いのです。

昨年の初夏、夫婦で札幌から旭川へ戻

る途中、日本海側の雄冬岬《おふゆみさき》、増毛町《ましけちょう》、留萌市《るもいし》などをドライブして帰旭したところ、旭川に入り〝しばやん〟先生のご自宅の前で先生を発見し、急遽《きゅうきょ》車を乗り入れました。先生はびっくりしながらもご自宅に招き入れてくださり、ゆっくり話を聞いてくださいました。ドライブの途中に立ち寄った増毛町は、〝しばやん〟先生の故郷でもあり漁業のみならず果物の産地としても有名なのです。〝しばやん〟先生のご実家近くで買ったサクランボをお裾分けすると大変喜んでくださり、早速鋭い質問が投げかけられました。

「これはどこの農場のサクランボ？」

農家さんの名前までは確かめませんでしたと言い訳すると、

「そう……」と、少しさびしそうでした。

町内のことを何でも知っている先生にはご不満のようでした。

ふと途切れた会話をつなぐように、かねて辛く感じていた今の自分の経験を相談してみることにしました。相談というよりは愚痴ですね。現役で三十年以上も手術を続けてきて、自分が選んだ道とはいえ突然健康診断医や在宅医療医になり、すべてが辛いこと。世界最先端の手術を考え、研究をし、幾多の手術の修羅場を乗り越えてきた世界から、一日中聴診器をかけ、内科診察をするという自分の苦手な世界（そこでは自分の実力は研修医並み）に入ること、そもそも聴診器をかけ続けることで耳が痛くなり途中で引きむしりたくなること、などなど、恨みつらみを言ってしまいました。と言うのもしばやん先生は大病院の外科医から副院長を経て八十四歳の現在も健診医として働いておられるから、この不満を解ってもらえるのではと思ったからなのです。しばらく愚痴を聞いていただいたあとで、

「聴診器はみんな辛いの！　簡単だよ、根元のところのバネをぎゅ〜〜と伸ばして、ぶらんぶらんにするの！」〝しばやん〟も苦労されていたのでした。

「健診はね、診察するだけじゃなく話を聞いてごらん」

あっ、そういえばしばやん先生は大学勤務時代の宮本を健診しながら、いろいろお話をしてくださり、それを『たたかうきみのうた』の一一三ページに記させていただいたことを思いだしたのでした。

いろいろな愚痴をじっくり聞いていただいたあと、立ち上がりお部屋を出ようとしたところで〝しばやん〟が、

「宮ちゃん、辛いことがあっても自分に怒るんじゃないよ……」
いささか唐突で、自分にはなぜここでこんな言葉がしばやんから出るのか、よくわかりませんでした。

さて、あれから一年が経ちます。未だに最後の言葉が気になります。〝しばやん〟は宮本の愚痴の中に、何か怒りを感じたのでしょうか。そういえば、この一言がずう〜〜っと心の中に残り、この一年、イライラしないように気をつけていた自分に気がつきました。まさしくツボを押さえた一言だったのでしょう。六十五歳を過ぎ冒頭のように、少し妄想も始まりかけている爺医《じじい》の不満を聞いてツボをおさえることのできる〝しばやん〟八十四歳に、ただただ脱帽です。脱帽と言えば、ふと〝しばやん〟の笑顔と頭を思い描いた時に……思いつきました。そうだ、今度〝しばやん〟の故郷、増毛町《ましけ》にお伺いした時にはあそこで売っていた増毛《ぞうもう》シャンプーを買ってこよう。もちろん自分のためでもあるし……今度はちゃんと売っていたお店の名前を聞いてこなければ……。

（二〇二一年七月二日）

黒糖あめの味

大学教授を定年退職し、新しい職場（道北勤労者医療協会）に就職となり、主に三種類の仕事をしています。一つ目は「こども便秘外来」、二つ目は「職場健康診断」、三つ目は「在宅医療」になります。外来を走り回る子どもたちからは夢と希望をもらい、働く大人たちからは生活のエネルギーをもらい、老化とたたかっているご老人たちからは自分たちの行く末を考えるヒントをいただいています。

そんな中、在宅医療としてあるお家を訪問し〝きえさん〟九十五歳を診させていただいた時のことです。訪問診療の時間帯にはいつもお家で一人きりの〝きえさん〟は、幾つもの病気を抱え、心臓の調子も悪く歩くことも大変で、さらには耳も遠いので、チャイムを鳴らしても迎えに出ることが難しいのです。看護師と二人で、お家に入るといつも大喜びしていただけます。

「はえ〜ここへ座れ〜」

と彼女は座るソファーの左をぽんぽんと叩きます。

「看護師さんも〜〜」

と、今度はソファーの右を叩きます。

診察を始めようとすると血圧測定のための腕をまくられながら、

「ごめんね〜〜服いっぱい着ているもんだから〜〜」

クスクスと笑いながら、宮本に足を見せるにも、

「ほら〜〜これも、これも、これも」

何枚もの靴下、スラックス、下着をずらし、

「なかなか足出んね〜〜」

診察では〝きえさん〟の瞳を見つめ（結膜もチェック）、手を握り（麻痺の程度もチェック）、足をさすり

（浮腫もチェック）……とスキンシップも忘れずに！

診察を終え帰ろうとすると、

「お茶も出さずにごめんね～～ほらこれ持ってって」

お菓子箱に入ったあめ玉やらなにやらを勧めてくれます。

お孫さんたちが持ってきてくれた物だと知っているので宮本は自分の太鼓腹をさすりながら、

「いや～～これ以上太ると……」と断りかけると、

〝きえさん〟も自分のお腹をぽんぽんと叩きながら、

「それくらいなんも……うちの息子なんか、こ～～んなに……」

と言い、はにかむように笑いながら気遣ってくれます。

外に出て、看護師と二人で車に乗り込もうとすると、タンタンタンタンタン、タンタンタンタンと背後から音がしました。

ふと振り返ると、玄関まで出ることのできなかった〝きえさん〟が窓を叩き、窓越しに一生懸命、一生懸命手を振っているではないですか。我々が車に入っても、車が動き出しても、まるで母と別れる女の子のように手を振りつづけています。

十歳の少女に戻ったかのような素直な彼女の心遣い、そして仕草が瞼《まぶた》に残ります。帰りの車の中で、無理矢理ポケットに入れられた黒糖あめを口に入れると、懐かしくほろ苦い甘さが口に広がりました。ふと、

「僕はあんな可愛い爺ちゃんになれるかな〜〜」とつぶやくと、隣から、

「無理無理！」

えっと横を見ると看護師が、

「わたし、絶対あんなに可愛いお婆ちゃんになれない！」

前の運転席でクスッと笑った運転手とともに三人が、その後は各々の行く末を思い、車内がシンとしたのでした。

自分の行く末をどう考えたかって？　冷静に自分を振り返ると、自分は人に好かれる〃可愛い爺ちゃん〃にはなれそうにありません。基本性格は頑固ですし、皮肉屋でもあります。言うことを聞かない意固地な意地悪爺さんまっしぐらのような気がしました。

母の在宅介護をした時に気がついたのですが、母の気持ちも年齢を重ねるにつれ、どんどん若い時に戻っていき八十五歳で亡くなる時にはまるで十代の乙女のようになっていったのでした。九十五歳で十歳まで、八十五歳で十代まで戻るのでしたら、宮本の寿命となるかも知れない七十五歳の時には二十代に戻ることになります。あ～あ、自分の人生で一番生意気だった時です……。

（二〇二一年七月二日）

ホッと一息　小児外科医

レジェンドとの貴重なひととき

何千年もの外科の歴史の中で小児外科は、六十年ほど前に外科から分かれてできてきた新しい科です。日本では欧米に二十年以上遅れ一九六〇年代から小児外科が出現しました。創成期の日本の小児外科医たちの何人かは欧米に飛び出し、技術のみならずその子どもを思う心も日本に持ち帰ったのでした。そんな留学医師たちの中でほんの一握りの医師だけが欧米に残り、名を成すことができたのでした。

留学の時には気鋭の三十代外科医であったカリスマも、今では八十代のレジェンドとなっています。そんなレジェンドの一人、木村健《けん》先生（小児外科医）は、米はみな親しみを込めて英語風にケン・キムラ先生とお呼びしています）は、米国のアイオワ大学を定年退職後も終身教授として日米を行き来し、小児外科のみならず医学教育や医療の面でさまざまな発言を行っていらっしゃいます。宮本とはもう二十年も前から不思議なご縁でアメリカや日本の学会でご指導いただいてきました。

二〇一八年にケン・キムラ先生ご夫妻を旭川にお呼びすることができました。一枚目の写真はあこがれのケン・キムラ教授と旭川医大小児外科チーム八人の病棟回診風景です。ケン・キムラ教授には学内 Surgical Ground Round（外

科講演会）で講演もしていただきました。若手の石井先生などはみんなの前で（！）自身の英文論文の添削までしていただき、感激しきりでした。二枚目の写真は、夜に宮本宅で小児外科グループ・学生・研修医とともにカニパーティーを行った時のものです。手術術式や学問の話のみならず、歴史の話も話題豊富、関西風のご夫婦掛け合い人情話は絶妙で抱腹絶倒のうちにあっという間に夜中の零時になってしまいました。

ケン・キムラ教授はそのユニークな小児外科手術法が英米のスタンダードな教科書に四つも載っているようなすばらしい外科的才能に加え、日本エッセイスト・クラブ賞を受賞されるような文才もお持ちで、宮本は二十五年前から先生のエッセイを授業副読本に用いていました。手術でも、教授の術式を用いて道北ですでに百人以上の子どもたちが救命され、それぞれの人生を歩むことができるようになっています。

宮本のつたない言葉では言い表すことのできないすばらしいひとときをプレゼントされたように感じます。学生や、研修医たちにもそれぞれの生き方にかなりのインパクトを与えることができたと思います。

本当にありがとうございました。

（二〇一八年五月十九日）

最高齢のレジェンドはバリバリの現役

二〇一九年五月十一日、順天堂大学小児外科開講五十周年記念パーティーが開催されました。パーティーでは、すでに伝説とされる宮野武順天堂大学名誉院長（小児外科二代目教授）のスライド講演（宮本のことでも一ページをお使いに！）に引き続き、日本最高齢の小児外科医であり、日本の小児外科のまさしく屋台骨とも言えるレジェンド駿河《するが》敬次郎順天堂大学名誉教授（小児外科初代教授）のスピーチがなされました。

駿河先生はかねてよりご尊父様の九十九歳を超えたいとおっしゃっておられましたが、今まさに九十九歳・白寿であられます！　我々は昔、駿河先生のお書きになった『小児外科』（中公新書、一九六七年）という新書や、多くの教科書で勉強したものです。宮本が順天堂に助手として勤務した時、どういうわけか（宮野教授のご配慮？　だったのかも知れませんが）最初の三か月は駿河名誉教授室の一角に宮本の机が置かれており、先生からはいろいろお話を伺う機会がありました。貴重な三か月でした。そしてその後の宮本の人生に向け「人間関係を大切にし、大きな心構えで確実に一歩一歩前に向かい進む」「即答即応の心がけ」など自分に欠けていた指針を与えていただきました。今回、駿河先生はスピーチで原稿も持たず、きちんと準備されたことがわかるお話をされました。

写真はパーティー終了後に家内と一緒に撮らせていただいた一枚です。表情は生き生きとされ、知性に輝いておられました。

いつまでもお元気でお過ごしください。

（二〇一九年六月十九日）

〈追記〉

二〇二〇年九月のある夜、まったりと横になりテレビを見ていた宮本の携帯が突然鳴り出しました。ディスプレイには見知らぬ番号が……。

「宮本君元気そうだね。退官のリーフレットを送ってくれてありがとう」

名前は聞かずとも、最初の一声で、宮本は直立不動となってしまいました。駿河先生だったのです。駿河先生の声はよどみなく続きます。

「また働き出したのは良かったね。君は僕より三十四歳も若いんだから」

えっ……て、慌てて頭の中で計算すると……100－34＝66……本当だ！

もにょもにょ……と先生のご様子を尋ねようと考えていると、

「体に気をつけて、がんばるんだよ！」と慌ただしく電話は切れてしまいました。恐るべし百歳小児外科医の頭の回転！

レジェンドなんかじゃない！　六十六歳でもあおられるバリバリの現役でいらっしゃいました。

（二〇二〇年九月二十日）

教授就任祝賀会でのお礼の言葉

二〇一八年一月十三日（土）に旭川グランドホテルで教授就任祝賀会を開いていただきました。主催していただいた旭川医科大学第一外科同門会に深く感謝いたします。ごく内輪の会という方針で行いました。

同門会長をはじめさまざまな来賓の方々からご挨拶、祝辞、祝電、ご祝儀、花束の贈呈をいただき深く感謝しております。写真一枚目は患者さんの撮ったものですが、家内が着ている着物は宮本母の形見のものです。写真二枚目は祝辞をいただいたカズミちゃん（『たたかうきみのうた』「大人の飲み会」の節参照：二十七年前に胆道閉鎖症《たんどうへいさしょう》を宮本が初執刀しました）を中心にその時の術者三名で撮った写真です。その時、宮本の手術の指導助手を務めてくださった鮫島教授は現在九十三歳、お元気でした。花束を贈っていただいたカヌー部（雪艇《せってい》倶楽部）、医療研究会の医学生たちのスピーチも若々しく、小児外科の石井先生と平澤先生が制作したサプライズビデオもありました。これは、かわいい

宮本和俊先生 旭川医科大学教授（病院）就任を祝う会　平成30年1月13日 於：旭川グランドホテル

患児たち、赤ちゃんの時手術して今いっしょに働いている作業療法士君、療育園や厚生病院医師たちからのビデオメッセージでした。鈍い宮本はそんな撮影をしていたことにまったく気付いておらず、本当にサプライズで、涙が出そうになりました。ほのぼのとした祝賀会になり本当に嬉しかったです。

残り少ない任期ではありますが、次の世代に小児外科をつないでまいりたいと思っています。四月からはスタッフ三名（宮本・平澤・宮城）に大学院生石井、そこに研修医と学生が加わる体制となります。皆さまよろしくご指導、ご鞭撻《べんたつ》のほどお願い申し上げます。

（二〇一八年一月十五日）

生ハム原木をいただく

二〇二〇年三月、新型コロナウイルス蔓延のため、宮本が会長となっている小児外科地方会と宮本の退任祝賀パーティーを中止としました。

しかし、先日、北海道の小児外科医有志たちからこんなものが届きました。スペイン製生ハム（原木というのだそうです）：十六か月熟成パレタセラーノと専用ナイフ2本、木製台のセット一式です。

三日前に届いていたのですが、ハムを室温に順化させるために三日間開封できませんでした。さて、開封してその威風堂々とした生ハムの姿（太もも）に感激です！　写真を添付します。

風通しが良くて直射日光の当たらないところに保存ということなので、このようにしてワゴンに載せ玄関に置きました。ワゴンであれば食べる時食卓にまで簡単に持って行けるのです。普段は専用の布をかぶせていますが、キュートな足首が見えています！　開封してからたっぷりのひまわり油

で磨いたのでピッカピカ。

旭川では現在コロナの三密を避けるため、ホームパーティーも自粛なので夫婦二人でどのようにこれを消費しようかと悩みました。しかし、なんとこの原木は半年以上、一年近くも味わうことができるとのことですので、コロナ騒ぎの終わった時の患者さんたちとのパーティー、小児外科の夏・秋のホームパーティーには使えると思います。びっくりするほどいろいろな料理に使えるので、それまでに食べ尽くさないように気をつけます。

「歩く生ハム」にならないようにしなければ……。食べきったら綺麗な骨の写真をお礼状第二弾として送ろうと思います。

本当にありがとうございました。

（二〇二〇年三月三日）

生ハム原木、食べきりました！

二〇二〇年三月初めに北海道の小児外科医の皆さんから退職記念にお送りいただいた「生ハム原木」を七月二十五日に食べきりました！

なんと四か月以上もかかりましたが、日々熟成していたようで、この間、家の中はかすかに甘い爽やかなヨーグルトのような薫りに包まれていました。カビがつくこともなく、綺麗なまま、だんだん美味しくなっていくのですが、硬くもなっていくので、ここ半月ほどは切り出しと調理に少し苦労しました。断面保護には名寄《なよろ》市の道の駅で見つけたひまわり油が有用でした。

サルティンボッカ
（ホッペタのなかにとびこむ
という意味のようです）

元東京大学小児外科教授橋都《はしづめ》浩平先生に教えていただいた〃サルティンボッカ〃（牛肉、生ハム、セージを重ねてオリーブオイルで焼いたもの）をはじめ、サラダやポトフ、リゾットのみならず、ちぎったフランスパンに生ハムを載せ美味しいオリーブオイルをかけただけで夢のような味になる優れものでした!! コロナの時代でありパーティーを開くこともかなわず、この生ハムにありつけた友人は一名のみでした。つまり、ほぼ夫婦二人でむさぼり尽くしたことになります!!

本当にどうもありがとうございました。

自分からはなかなか手が出ないものですが、今回、禁断の楽しみを知ってしまったように思います……。

〈追記〉

硬軟とりまじる肉を処理する全課程で、刃物

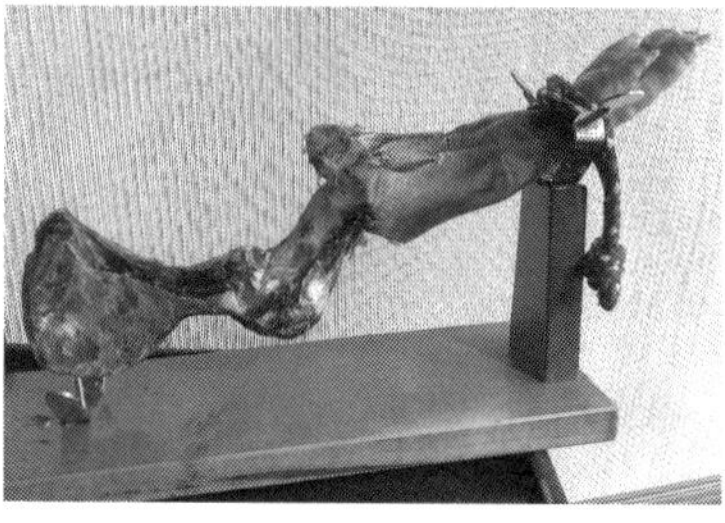

7月25日肉を食べきると肩甲骨がみえました。太ももではなく前足だったのか（「パレタ」とは〝前足〟の意味のようです）

により受傷せずに済んだのは、外科医としての三十年におよぶ修業のおかげと思います。二種類のナイフを使い分け、硬い表皮と軟らかい肉を切り進めるのは常人（家内）には難しいと思いました！（二〇二〇年七月二十六日）

一年をかけ、記念誌がついに完成！

次ページのような、日本小児外科学会北海道地方会第一〇〇回記念誌『北海道における小児外科の黎明と発展』を北海道大学にある事務局と旭川医大小児外科の責任編集で世に出すことができました。来週から全国の日本小児外科学会評議員、名誉会員、特別会員、道内の関係諸施設に発送を開始します。

二〇一八年四月の発案から始まり、企画、原稿依頼、写真や資料の収集、年表作成、アルバム作成、編集作業、四回におよぶ校正……と、旭川医大小児外科スタッフ四人で作業し、完成までほぼ一年を要しました。おかげをもちまして二〇一九年三月二日、札幌グランドホテルでの地方会・会長講演・理事長講演・記念祝賀会に間に合わせることができ、会もつつがなく終えることができました。

この一年間、宮本の文筆に関する能力のすべてを（?）この本の構成・編集に集中させたため、フェイスブックでは友人たちの活躍に「いいね」を押し、皆さまの活躍を「いいなぁ～～」と眺めているばかりでした。これからはまた積極的に参加したいと思っています。

今のところ予備がありますので、この記念誌を希望される方はメッセージででも送り先を書いてください。送ることができます。

（二〇一九年三月十二日）

北海道における
小児外科の黎明と発展
日本小児外科学会北海道地方会第100回記念誌
2019年3月日本小児外科学会北海道地方会評議員会編

われは　けふ（今日）　いく　未来の希望に向けて

以下の文章は、前節に書きました日本小児外科学会北海道地方会第一〇〇回記念誌『北海道における小児外科の黎明と発展』の発刊にあたり、表紙の裏に書かせていただいた文章です。

「発刊にあたり」

このみちや　いくたりゆきし
われはけふいく
種田山頭火《たねださんとうか》

日本小児外科学会北海道地方会は一九六六年に設立され、現在に至るまでに一〇〇回の学術集会を開催してきました。多くの先輩が北海道で小児外科を立ち上げ、その黎明から続く発展の時代を創り、そして現在に至りました。諸先輩の努力は、北海道のみならず日本全国、そして世界の中での小児外科臨床・学術の業績となり、その活躍には圧倒されるものがあります。しかし五十年という年月はながすぎました。すでに草創期の多くの先達《せんだつ》は逝去《せいきょ》され、その「産みの苦しみ」「育ての手塩」の記憶は失われつつあるのです。

北海道旭川に生まれた食道閉鎖症の赤ちゃんの元に北海道大学第二外科の名手と言われた三人が結集し本邦二例目と言われた手術成功例があること、六十年以上も前に北大の著明な科学者である中谷宇吉郎《なかやうきちろう》が開発に協力した半生体膜・オムス膜が食道閉鎖症の気管食道瘻《ろう》再発の手術で隔膜として使われていたらしいこと、草創期に夭折《ようせつ》された青年小児外科医がいらしたこと、旭川の青年小児外科医が新生児呼吸器開発のために欧州の小児外科施設を歴訪していたことなど、これらは伝説としては残っていたのですが、この記念誌の中でその詳細がやっと少し明らかになりつつあるようです。

このたび、遅ればせではありますが、日本小児外科学会北海道地方会評議員会ではこの五十年の記録を記念誌に残すこととしました。まさに〝生き証人〟とも言える諸先輩からの草創期の歴史、エピソード、未来への希望から始まり、それぞれの時代を駆け抜けてきた先輩、今現在一生懸命とともにがんばっている同輩、そして未来を創る後輩たちの考え・気持ちを一同に編むことにしたのです。

さらには日本小児外科学会理事長の越《こし》永従道《ながつぐみち》教授からメッセージをいただき、さまざまなかたからもご寄稿をいただきました。古いアルバムも年表も編んでみました。

ここに今我々の持つ全ての力を注ぎ一〇〇回記念誌を作成します。後輩諸氏におかれましては、一〇〇回誌を土台とし次回は早めに一五〇回誌を編まれることをお

勧めします。

北海道から発し日本さらには世界に向け、小児外科のますますの発展を祈念し筆を置きます。

二〇一八年五月一日
第一〇〇回日本小児外科学会北海道地方会　会長
旭川医科大学　外科学講座　小児外科　科長・教授（病院）宮本和俊

定年退職にあたり　感謝の思いと贈る言葉

宮本は二〇二〇年三月三十一日をもちまして旭川医科大学外科学講座小児外科科長・教授（病院）を退任、定年退職となりました。

思い起こせば小児外科を志し、早三十有余年、旭川医科大学第一外科鮫島夏樹先生の薫陶を受け、その後長きに亘り順天堂大学小児外科教授宮野武先生の叱咤《しった》激励を受け〝北の大地に小児外科の花を咲かせよう〟と奮闘努力してまいりました。しかし、いかんせん浅学非才の身、何度もくじけそうになりながらも小児外科を継続させここまでたどり着くことができたのは、患児やそのご家族、小児科の先生、産科の先生、麻酔科の先生、学長・病院長をはじめとする病院スタッフの皆さま、外科の先輩、同輩、後輩、さらに多くの皆さま、そして家内の支えのおかげ、と感謝しております。

おかげをもちまして、小児外科は現在、外科講座を支える柱の一本として四人のスタッフで教育・研究・診療に力を注いでおります。宮本はここで退任となりますが、皆さまにおかれましては、未来につながる三人のスタッフになにとぞ従来同様のご指導ご鞭撻を賜りたく、お願い申し上げる次第です。

宮本は退任後、ボロボロ（ブヨブヨ?）になりはてた体のメインテナンスを心がけ、かねて実現したかったいくつかのことにチャレンジしていきたいと考えています。

退任祝賀会はコロナで中止といたしました。この写真は〝まぼろしの祝賀会〟で配布する予定だったリーフレットの表紙です。

以下に、そのリーフレット末尾に書きました「贈る言葉」を引用させていただきます。

贈る言葉

退任にあたり、かねてより気になっていた言葉につき調べてみました。

Old soldiers never die; they just fade away.

「老兵は死なず、ただ消え去るのみ」と訳されることが一般的なようです。

意味のつながりが不明で何を言いたいのかはっきりしないと思っていたのです。

調べてみると、この言葉は元々イギリス兵士の中で広まっていた歌のフレーズでした。マッカーサー元帥が不本意な解任をうけて行った演説の一部であり、世界中に広まったようです。その演説の前後の文章からこの言葉の意味は、

「老兵の戦ってきた魂は永遠に生き続け、たとえ肉体は消え去るとしても、その魂はみんなとともにある」（拙訳）

ということが解りました。

宮本は小児外科医として三十年間に数多くの子どもの手術をさせていただいてきました。明るく楽しい手術もあれば、苦しく逃げ出したくなるような手術もありました。後者のような辛い手術の時に宮本の口をついて出るおまじないがあります。過去に教わった手術名人に成り代わるのです。「宮野だがね……」「久保でございます……」そう、自分の手術に名人たちの魂がともにあるような気がすると頑張れたのでした。このことは宮本と一緒に手術したことのある後輩たちには思いあたる場面がいくつかあるのではないでしょうか？

そのような経験から、この言葉の一部を書き換えて宮本の退任にあたっての言葉にしたいと思います。

Old pediatric surgeons never die; they just fade away.

「老小児外科医の戦ってきた魂は永遠に生き続けたとえ肉体は消え去るとしても、手術する魂はみんなとともにある」

（二〇二〇年四月十日）

なぜ小児外科医に？

ある研修医から質問がありました。

「先生はなぜ小児外科を選んだのですか？」

少し思い出しながら書いてみます。

あれは研修医二年目の時のことでした。市立旭川病院にいた時に、とても親身にしていただいていた外科部長熱田友義《あつたともよし》先生から、今度神戸で日本小児外科セミナーがあるので参加してみないか？　と薦められたのです。当時の市立病院にあった研修医育成制度を用い、一週間分の旅費・宿泊費をすべて負担していただけるとの夢のようなお話でした。

実は家内は大学で学生時代から同期の小児科研修医でした。当時、大学の小児外科と小児科があまり上手くかみあっていなかったこともあり、外科研修医の自分は夫婦の関係が混乱するであろう小児外科には近づかないようにしよう……となんとなく避けていたのでした。しかし港町神戸・ステーキなどという不純な妄想が頭に浮かび（?）神戸に行かせていただくことにしました。後に伺ったところでは、宮本は外科医にしては子どもをよく診ている……とのことで、鮫島教授と熱田先生が方向を定めてくださったようでした。

神戸では六十人ほどの研修医・医師がホテルにカンヅメとなり、部屋も相部屋、朝八時から夜九時までの勉強というハードなものでした。講義は当時最前線でがんばっておられた先生たちのお話であり、多くの画像を用い手に汗握る内容でありました。コンピューターは未だ発達しておらず動画もあまりなく、ましてやシミュレーターなどない時代の話です。

そうそう、どのようなことに感銘を受けたのか、というご質問でした。そのセミナーでは多くの友人や師を得ることができたことはもちろんですが、それまで一般外科と胸部外科の研修しかしてこなかった自分にとって、受けた感銘は以下の二点に集約されるように思います。

一、小さな体に大きな宇宙！

空を飛ぶ鉄腕アトムのポスターに手塚治虫（医学部卒の漫画家）さんの書かれた言葉です。このセミナーの中で受けた講義で、小児外科の守備範囲の広さにびっくりしました。大人ですと各々臓器別に外科が分かれていますが、小児外科では、頚部も食道も肺も肝胆膵《かんたんすい》も消化管も卵巣や子宮も腎臓や泌尿器も、皮膚の腫瘍や乳腺《にゅうせん》も漏斗胸《ろうときょう》もすべて手術するのに加え、子宮の中にいる赤ちゃんの手術や新生児の手術、幼児・小中学生はもとより、自分の手術した子は大人になってまでも診ていくという空間的にも時間的にもスケールが大きい科であるということに気付かされたのです。それがとても魅力に感じました。

二、「未来を創る小児外科」

社会的実績をのこされた成人・老人に対する外科とは異なり、小児外科は子どもたち本人の未来のみならず周囲の家族の未来まで創り、その人たちの人生を左右します。たとえば今手術している赤ちゃんには手術した肛門を用《もち》い、この後九十年（自分は死んでいますが……）毎日快適なトイレライフで家族と快適に過ごして欲しいのです。子どもが苦労するとその家族の将来にも影を落としてきます。成長していく子どもたちの手術をになう、そんな壮大な責任感と充実感……そこにも魅力・やりがいを感じました。

とくに二は若い時には漠然とした思いであったのですが、自分が三十五年間小児外科をやってきて、さまざまな問題を抱えながらも成長してきた子どもたちを見るにつけ実感していることです。成長した子どもたちの中からは、医者や看護師など医療関係者がいっぱい出現しています。親子二代で手術を受けニコニコ帰って行ったご家族も多くいらっしゃいます。しかし手術を受けて元気になる子ばかりではなく、障がいを抱えたままの子もいます。しかしそんな子どもたちもご家族も手術を受けてどこかでホッとしてニコニコしていていただけたなら、それでいいようにも感じるこの頃です。手術が上手くいかず結局は亡くなってしまったお子さんたちの親御さんたちにも、後に偶然再会し、まるで戦友のように思い出を語り合える……そんなことが起きるたびに、この言葉の意味が深まるように感じています。

今自分は〝メスを置き〟ましたが、これからはこれまでの小児外科人生の延長として、障がいを持ったお子さんたちの在宅医療や、慢性便秘で悩むお子さんたちに〝寄り添う〟医療を行ってみたいと考えているのです。

（二〇二〇年四月十日）

「春の如し」ふたたび　恩師への弔辞

恩師鮫島夏樹教授がご逝去されました。『たたかうきみのうた』の「連綿」（一〇九ページ）、「真珠と小判」（二〇一ページ）、「春の如し」（二〇三ページ）、『たたかうきみのうたⅡ』の「頭に刺さった針」（七十二ページ）、「仰げば尊し」（二〇二ページ）にご登場いただいた恩師L教授です。

この『たたかうきみのうたⅢ』にもたびたびご登場願っていました。本を出版するたびに、カミナリが落ちはしないかと、お気持ちをなだめるため先生が大好物のウナギとともに拙著を札幌のご自宅へお持ちしたことが懐かしく思い出されます。

鮫島先生におかれましては医学生時代から部活の顧問としてご指導いただき、我々夫婦のお仲人も務めていただきました。卒業後は、小児外科への道を定めていただき、その後も学問・手術の指導のみならず、人生の先輩としてつねに我々を温かく、時には天然のユーモアを交え見守り励まし続けていただいていたのでした。鮫島先生にはたくさんのご著書がありますが、晩年には、「僕も宮本君のようなエッセイを書きたい」とおっしゃっておられました。その先生のエッセイの編集・製本を終え、お届けしようとした朝に先生は亡くなられました。

以下の文章は日本小児外科学会雑誌56巻2号（一〜二ページ）二〇二〇年四月の巻頭に掲載していただいた文章を改変しました。対象が小児外科学会員ですのでやや硬い文章になっています。

鮫島夏樹先生を偲んで……「養之如春」

旭川医科大学　外科学講座小児外科　科長・教授　宮本和俊

令和元年十二月三十日、本学会特別会員、旭川医科大学名誉教授　鮫島夏樹先生が逝去されました。享年九十五。同門会で編集した先生最後のエッセー集が完成し、本を手元にお届けしようとしたその日の急変、そして旅立ちとなりました。まだもう少し、先生の知識とユーモアあふれるちょっと辛口なお話を聞かせていただきたかったと同門会員一同心より残念に思っております。

鮫島夏樹先生は一九四七年（昭和二十二年）に北海道大学医学部を卒業され第二外科に入局されました。当時麻酔は局所麻酔や腰椎麻酔の時代であり、子どもに対してはごく短時間のエーテルやクロロホルムのオープンドロップ法で鼠径ヘルニアや口唇裂《こうしんれつ》・口蓋裂《こうがいれつ》手術を行っておられたとのことです。「小児外科」という言葉もない時代でした。

一九六〇年に全国に先駆け北海道小児外科談話会が設立されました。その中心メンバーの一人として鮫島講師が参加され、第一回目のテーマとして腸重積の講義を行い、討論の議長を務められました。一九六三年には先天性食道閉鎖症(10)の初執刀をされましたが、気管食道瘻《ろう》が再発し、当時賛育会病院におられた駿河敬次郎先生に相談し、詳しくご教示願えたとのことでした。一九六六年には日本小児外科学会北海道地方会を設立されました。

鮫島先生はその後、地方会会長を四回務めておられます。一九七二年には文部省（当時）の研究員としてヨーロッパの小児外科施設を歴訪されました。一九七五年には旭川医科大学第一外科初代教授として赴任され、旭川医科大学附属病院の開設にあたり、小児外科系共通病棟を全国に先駆けて設けられました。この小児外科系共通病棟の概念は全国から注目され、現在に至っても多くの施設で用いられています。旭川医科大学におきましてもこの病棟の存在がその後の小児外科の発展に大きく寄与しました。一九七五年、第一外科では一期生の大島宏之先生が小児外科専任となり道を開きました。

一九八五年から二年間宮本は順天堂大学小児外科（駿河敬次郎名誉教授・宮

野武教授）において助手として国内留学ができました。これは前述しました鮫島先生と駿河先生の親しい間柄のおかげでした。一九八八年からは五期生宮本が小児外科専任を引き継ぎました。

鮫島先生は一九八六年から附属病院長となられました。しかし先生にはその後も一九九一年に退官されるまで小児外科の手術指導を続けていただきました。その後の小児外科は、宮本を中心に一～二名の時代が長く続きましたが、二〇〇四年からは平澤雅敏がスタッフとして加わりました。二〇一七年には外科学講座小児外科を開設し、宮本が科長・教授（病院）を拝命し、石井大介がスタッフとして加わりました。二〇一八年には宮城久之も加わりスタッフ四人体制となり、そのことを報告にご自宅にお伺いした際の鮫島先生のお喜びになる姿は今でも瞼に焼き付いております。

また鮫島先生は二〇〇七年から旭川医科大学図書館において希少な医古書を中心とする蔵書の一般公開を始められました。二〇一三年には医古書千三百冊以上と博物館的価値を持つ外科器具等を寄贈されたことにより図書館に『関場・

鮫島文庫』が開設され、医学教育のみならず地域文化の発展にも貢献されています。

さらに鮫島先生は一九七八年に「小児外科に関する臨床的研究」により北海道医師会賞を受賞、二〇〇一年には勲三等瑞宝章を受章されています。

鮫島先生は退官の時、医局員全員に直筆の色紙「養之如春」を残されました。鮫島先生のお父様は東京帝国大学出身、北海道の外科を切り拓かれた外科医のお一人でした。鮫島先生はこの言葉をお父様から聞いて育ったとのことです。この言葉は『漢書』巻一の「答賓戯《とうひんぎ》」からの引用でした。大きく二つの解釈があるようです。一つ目は、学問や見識の習得を焦らず、春の光が動植物を育てるように、温かみとおおらかさが自然にしみこむように養っていきましょう、というもの。二つ目は、何でも一つの志を立て一生懸命に励んでいるとその人の心は春のように明るく暖かく伸びやかで幸せになります、というものです。いずれにしても温かく包容力のある言葉であるように思います。鮫島先生はどちらの意味で使いたかったのかをいつか伺おう……と思っているうちに時機を失してしまいました。

先生は退官されてから医学に関する八冊の本を書かれました。いずれも医学生、若い外科医・小児外科医のためにと書かれた本でした。文末に八冊を列挙します。これらのご本を拝読すると、鮫島先生の深く広い知識・教養に圧倒されます。英語のみならずドイツ語、フランス語、ラテン語、さらには各々の国の医学史・哲学史にまで造詣が深く、これらの本の記述の端々に我々に伝えたかったお考えが垣間見られるような気がします。その中で、あるエッセーの末尾に書かれた鮫島先生のお言葉を引用したいと思います。

「此処で言及しなければならないのは十八世紀初頭のフランスの医者ビシャなる人物である。彼は活力論を唱えるモンペリエ学派の出であるが、ハラーの発見を基礎にして、医学にまったく新しい体系を創始せんとする強力な計画を抱いた。つまり、いままでのような仮説に基づかず、もっぱら解剖学的、生理学的事実に基づいて、健康時および病的時の生命の状態と現象を研究したのである。形而下的《けいじか》、謂わば、医学的思索を行い、理路整然とした考えを記し、さらには徹頭徹尾、解剖学的検査と動物実験を基礎にし、生きている存在を生なき物質と峻別《しゅんべつ》している。今日の情報過多の時代に、自分で体験し、実験で確かめる学問的本質、特に人間を対象にする医学にとって一番大切な患者自身の診察を忘れてしまったような我が国の多くの医者の傾向はなんとしたものであろう。何らの体験や確立した比較実験の基礎もなく、単なる情報や受け売りだけに左右され、藁をも掴もうとする患者の心理を利用して役にも立たない検査や薬ばかりで稼ごうとする、我が国の実態を見るに付け、医療従事者は今こそ、ビシャの態度を思い起こし範とすべきであろう」

嗚呼《ああ》、なんと大切な知性を、私たちは失ってしまったのでしょうか……。

衷心より鮫島夏樹先生のご冥福をお祈り申し上げます。

合掌

◉鮫島先生退官後のご著書

『医学の古典』編・訳　北海道医療新聞社　一九九四年

『ある内科医の生涯』(シュトリュンペル著)翻訳　北海道医療新聞社　一九九六年

『ヒポクラテス医学』(ユリウス・ヒルシュベルグ著)翻訳　北海道医療新聞社　一九九八年

『関場理堂文庫・和漢医籍目録および注解』北海道医療新聞社　二〇〇〇年

『死に関する生理学的研究』：(ザビエル・ビシャー著)翻訳　北海道医療新聞社　二〇一〇年

『和漢医学史概観』北海道医療新聞社　二〇一五年

『生と死に関する生理学的研究』(マリー・フランソワ・グザビエ・ビシャ著)翻訳　北海道医療新聞社　二〇一六年

エッセー集『医学の歴史の窓から』　旭川医科大学第一外科同門会編　植平印刷　二〇一八年

我が家のうた

コロッケ吹き飛んだ

ここは道北のとある町立病院当直室です。出張の途中コンビニで買ったコミック『思い出食堂――コロッケ編』（少年画報社、二〇一九年）を、医局ソファーで寝転び読んでいるうちに、自分の人生のささやかな一ページを思い出してしまいました。

あれはもう三十年以上前のことになります。まだ新婚ほやほやの私たち二人はともに研修医ですれ違いの日々を送っていました。目がまわりそうでしたが、それだけになおさらのこと二人で食べる時間を大切にしていたのでした。新婚の食事では、ご飯の炊き方、味噌汁の味噌・出汁《だし》・具材の選択にもそれぞれの実家の違いが現れます。しかし、それはそれで楽しく、ワイワイ言いながら二人の味を作り始めていました。たとえば、初めて家内が作った餃子は白菜、椎茸、タケノコ入りです。あっさりしていていくらでも食べることができるのですが、コクとボリュームの点で宮本家の餃子とまったく異なるのです。と言うのも宮本家の餃子はキャベツ、ニラ、ニンニク入りだったからです。今はというと、職業柄匂いにはどうしても敏感になるので、家内風の餃子に歩み寄っています。

さてそんなある日、宮本は疲れ、腹を空かして帰ってきました。その日は家内の方が早く帰り、食事の用意をしてくれていました。玄関に入るなり、漂う香りでその日のメニューは炊きたてご飯と味噌汁であるとわかりました。もう一つの香りは……唐揚げ？　彼女がなかなか答えを言わない中、食卓にさっと出してきたのはキャベツの千切り（当時は腕が未熟だったので百切り！）と熱々のコロッケ!!　大好物のコロッケ!!　喜んでソースをかけ、いざ食べようとし、思わず声が出てしまいました。

「あれ？　中身がない……？　衣だけで中身がないよ……??」

「こんなことってある？　綺麗に外側だけだよ」

「おっ？　下側に小さな穴がある。どうやったらこんな風に作れるの？」

あまりの不思議に大騒ぎし大笑いしました。こんなに笑ったのは久しぶりというくらい笑い、疲れも吹き飛びました。別に小言を言うつもりもなく、単なる驚きから出た言葉と笑いでしたが、彼女には強く聞こえたのかも知れません。家内は顔色を変え、台所に確かめに行きコロッケの中身がほとんどすべて天ぷら鍋の底に溶け出しているのを確認しました。彼女は、

「な～んか軽いと思った！」と言い、その日の夕食はあり合わせのおかずで済ませました。

そして、それから二十年間というもの、宮本家の食卓にコロッケが上ることはありませんでした。それほどのトラウマだったのか？　宮本が笑いすぎたか？　と悩みつつも、宮本も同じく二十年間、何となく悪いような気がして夕食にコロッケを買って帰ることはしませんでした（自白すると、実は、コンビニでの一人コロッケ買い食いはしてしまいました！）。

ところがコロッケ〝空〟揚げ事件から二十年たったある日の夕食に、突然どっしりとしたコロッケが出てきたのです。キャベツの、まさしく千切りの上に載っ

て！　裏庭から収穫したジャガイモで作ったようです。いろいろな思いが頭をよぎりましたが、出てきた言葉は、

「う、うまいな！」だけ。

目を白黒、どんな表情をすべきかもわかりませんでした。それから現在に至るまでの十年間は、自分たちで収穫したイモで作ったコロッケを食べることができています。さらには冷凍にもし、困った時の有り難いおかずとして楽しむことができるようになりました。

実は二十年前、コロッケ事件の時に、インターネットで原因を調べたことがあります。〝コロッケ・空洞〟で調べると出るわ出るわ、多くの失敗談とその対策が載っていました。コロッケの空洞はよくあることのようでしたが、その時は家内には言えませんでした。しかし、家内がコロッケを再び作り出してから、ふと言葉の端に、

「インターネットにも出てるよ！」

と言ったのは聞き逃しませんでした。やはり気にして、調べていたのでしょう。

皆さま、配偶者の作った料理には気をつけて反応しましょう。豪快に心地よく笑い飛ばしたつもりでも、コロッケとともに相手の気持ちまではるか二十年の彼方まで吹き飛ばしてしまうかも知れないのですから（自戒の言葉です！）。

（二〇一九年六月十日）

友と語りあうひととき　講演会とカヌー部新年会

二〇一八年一月十九日土曜日は、札幌で講演会講師をしました。北海道重度心身障害研究会主催、札幌グランドホテルにおいて、参加者は二百四十人でした。自分は滑舌が悪いので講演会は苦手ですが、この一年に三回の講演を行い、少し落ち着いて話せるようになったようにも感じました。

夜の演者を囲む会では、二十〜三十年前、自分が駆け出し医師であった時の札幌医科大学の先輩青年小児外科医お二人に再会しました。今は障がい児医療をされています。またいろいろな方ともお話ができて懐かしく、楽しいひとときを過ごさせていただきました。

翌日の日曜日は自宅で大学カヌー部の新年会を楽しみました。子どもたちも含め三十人以上の鍋パーティーで、外を使えない冬パーティーとしては過去最高の人数でした。教授に昇任した宮本のためのいろいろなサプライズがありました。

写真は似顔絵とメッセージを書いたケーキです。もったいないので顔とメッセージを書いたチョコレートは食べず冷蔵庫で保存しています。もう一つは宮本の姿形で特注した陶器!!　なんとヒゲの白くなり具合、ホクロの位置まで正確で、びっくりです。お腹の出っ張りは控えめに作られていました。ダッチオーブンの丸鶏料理を含め多量の肉、野菜、

果物が飛ぶようにみんなの胃袋へ入っていきます。家内が当直でいなかったのですが、帰りには、来た時より綺麗な家にしてくれました。ありがとう。

(二〇一八年一月二十九日)

キツネも腹すきゃ木に登る アブハチ取らずの巻

今朝のキタキツネ、よっぽど腹が空いているると見え、我が家のベランダまで侵入してきました。

直前まで餌台で餌をついばんでいたスズメ、カラ、ヒヨドリ、カワラヒワ、シメ、アカゲラは一斉に裏庭ロックガーデンの松の木々に避難していきます。同じく食餌《しょくじ》を楽しんでいたエゾリスはと言えば、間違って小さな裸木《はだかぎ》の上に避難したため退路を断たれてしまいました。キツ

ネはリスを狙い、裸木の根元で丸く寝転び持久戦に突入していきます。

ところが、近くの松の木のスズメたちがあまりにも賑やかに騒ぐので、おいしそうに思えたのでしょうか、キツネがふと起き上がり、スズメたちに目を向けました。その一瞬を突き、リスは裸木を一気に駆け下り一目散に逃げ去っていきました！

啞然《あぜん》としたキツネは大群のスズメに目標を変え、松の木の下をうろうろし始めます。キツネはついに我慢しきれず木に登り始めました！　キツネが木に登るなんて、初めて見た光景です。ところが苦労して松の木の中頃まで登ったところで、スズメたちは一斉に飛び去って行ったのでした。

腹ぺこキツネは木登り途中で傷心の休憩です。木々の間に顔が見えます。

（二〇一八年四月十六日）

リスも木から落ちるⅡ　ギザ耳の生還

ちょうど一年前の二〇一七年八月四日にエゾリスのギザ耳君の記事（『たたかうきみのうたⅡ』「リスも木から落ちる」の節）を投稿しました。左耳の先端が改札でハサミを入れられた切符のように切れているのでそんな名前をつけたのです。小さく痩せてもいるのですが、彼の最大の問題は運動神経にありました。よく木から落ちるのです。地面に落ちた時にはそれらしくごまかしもきくのですが、ある時には灌木《かんぼく》からえさ箱に飛び降りようとして目測を誤り、あたかもスローモーションのようにもがきながら落下、ベランダに激突したのです。しばらく朦朧《もうろう》としていました。こんな時にキタキツネや猫に見つかろうものなら命がありません。こんな運動神経では厳しい旭川の冬は乗り越えられないのでは？　と心配していました。

さてあれから一年、そんなこともすっかり忘れて、一昨日《おととい》の朝、そぼ降る雨の中、ふと窓の外を見ると一匹のエゾリスが、灌木の葉からしたたり落ちる雨を両手で器用に受け……えっ……顔を洗っている!!　両手でごしごし、ごしごし、アゴから耳まで鼻先も目の周りも万遍なく、何回も何回も洗っているのです。こんなエゾリスの姿は初めて見ました。どんなに顔を洗うのが嫌いな子どもでも、このエゾリスの姿を見た後では、一生懸命顔を洗うようにな

るのでは……などと考えていた時に、ふっと気がつきました。左耳が改札切符のように欠けている⁉　ギザ耳だ‼　背中がゾクッとし、心が温まりました。思わず家内を呼びました。

よく越冬できました‼　きっといろいろなドラマ（危険）があったに違いありません。よく命をつなぎました！　ギザ耳は、ちょっと大きくなっていますが、この時期に来るエゾリスとしては小さいほうです。あどけなかった顔つきは少し精悍《せいかん》になり、背中の毛は焦げ茶色に変わっていました。写真で昨年のギザ耳（右）と、今年のギザ耳（左）を出してみます。

ここで疑問がわき起こります。冬には来ていなかったのかって？　冬にも何匹かのエゾリスは訪れるのですが、みんな冬毛になり、体は丸々、そうして肝心の耳には……長〜い毛がピン！　と生えそろうのです。ギザ耳を見分けようにもその長い毛が抜け落ちる初夏にならなければわからないというわけです。

そうして今朝、小さなギザ耳が木から落ちることもなく気迫の奇襲作戦で餌台に飛び乗り、大きなリスを追い払っていました。人間が飼うと二十年は生きるというエゾリスも自然界では数年の寿命といわれています。せめて今年の夏は青春を謳歌してくれるといいな。

ふと思いついたのですが、顔を洗っていたのは、雨で足を滑らせて地面に顔から落下したからでは……と思い至り、クスッ！

（二〇一八年八月十日）

カラスへの濡れ衣

我が家ではいつも問題を起こすのはカラスである、と思っていました。人の目線をかいくぐりながら、嫌われているのが解っていても行う賢い悪行の数々。カラスをいじめると仕返しをされ、石を投げるふりだけではあざ笑われます。以下、カラス様の行動の数々です。

一、蜘蛛の巣払い用の長い箒《ほうき》の先をお持ち帰り
春、車庫に立てかけてあった長い箒を巣作りのために箒の先を器用にほぐしお持ち帰りするので、とうとう箒は坊主頭になってしまいました。
二、いらだつ子育て時期のカラス夫妻
初夏のカラスご夫妻は気が立っており、家内の後頭部に空から爆撃キックをかまします。
三、畑の実りはわれらのもの
トウキビ・イチゴ・トマトなどはカラス様のために人間夫婦が作っていると考えているようです。
四、玄関フード内の飾りを破壊
ラベンダーの花束や陶器などの飾りがなんということに……ボロボロに秩序を破壊するのが楽しくてしようがないらしい。
五、前庭の苔《こけ》を剥がす
苔をボコボコに剥がし起こして裏の虫をついばむカラス夫婦です。
六、リンゴでにぎやかな宴

裏庭のヒヨドリ・リスのためにガッチリ固定し二本の菜箸に刺したリンゴ……彼らがほんの一口しか食べていないのにカラス夫婦が共同作業でもぎ取り庭の石のテーブルの上でギャーギャーと饗宴を始めます。

今朝ふとベランダの餌台を観ると先ほど刺したばかりのリンゴが……もうない！　またカラス!!　と芝生の方を見ると……なんとリスが大きなリンゴを咥《くわ》え、走って行きました!!　リスはいつも、リンゴをデザートとしてベランダで二口《ふたくち》三口《みくち》お上品にたしなむだけなのですが。自分の頭より大きなリンゴを咥えたリスは、

柵の上で一休みし、少しハムハムしてからまた走り出しました。持ち帰る巣には子リスでもいるのでしょうか、初めて見るシーンでした。カラスが外したリンゴをリスが拾ってお持ち帰りなのかも知れませんが、カラスご夫妻様、ついつい疑ってごめんなさい。

（二〇二〇年六月二十五日）

李白には遠く

公用車ではなく、何があっても自己責任である自分の車で出張四〇〇キロの旅です。途中、幌加内町《ほろかないちょう》の温泉に浸り、多寄町《たよろちょう》の蕎麦屋で鴨南蕎麦をすすり、美深町《びふかちょう》の病院で一泊。翌日は音威子府村《おといねっぷむら》の黒蕎麦を堪能し土産としても購入し、次の中頓別町《なかとんべつちょう》の病院で二泊目を。さらに翌日には浜頓別町《はまとんべつちょう》に足を延ばし「獲れたて茹でたて」の毛ガニをいつものおばあさんから購入し、帰路につきました。途中、山から雪解けの浜辺にエゾ鹿の女の子（?・）が降りてきていたので、その白いハート形のおしりをカメラに収めました。

旭川まで帰ってきたところで、恩師〝しばやん〟に二ハイの毛ガニを届け自宅へ向かいました。

実は今日は家内が当直のため不在の日なのでした。一人静かにビデオをつけながら熱燗《あつかん》の酔鯨《すいげい》（高知の日本酒）独酌で毛ガニさんと瞳を見つめ合いました。カニを食べている途中で、毛ガニさんに集中するあまり、ビデオをともに楽しむことは不可能と気がつきました。テレビを消し、ただ黙々と毛ガニさんに集中……そして、寝てしまいました。

次の日の夜も家内はおらず、独酌が楽しみです……あっ、楽しみなのは家内

がいないことではなく、酒を抱いたカニさんといることです。念のため！

蟹人對酌山花開
一杯一杯復一杯
我醉欲眠蟹且去
明朝有意抱酒來

蟹人対酌すれば山花開く
一杯一杯また一杯
我酔うて眠らんと欲す蟹且《しばら》く去れ
明朝意あらば酒を抱いて来たれ

（李白の詩「山中幽人と対酌す」から三文字、両→蟹、卿《きみ》→蟹、琴→酒と入れ替えました。ごめんなさい）

（二〇一九年三月十九日）

裏庭菜園日誌から

二〇一九年五月二十日、家内による庭での〝作付け〟がほぼ完了しました。裏庭から三十種類もの食材が採れると判明!! 野菜に関しては自給自足も近いかも……。

・ジャガイモ――キタアカリは種芋の七〜十五倍の収穫を期待しています。
・ズッキーニ――一等地? を広くとり、植えました。
・トマト――植えるときにミニではないと判明! 今年は大変かも?
・カボチャ――雪化粧カボチャ・ほくほくカボチャ、昨年は大不作でした。
今年こそ!
・大根――春大根を夏に収穫後には秋大根を植えます。
・タマネギ――札幌黄《さっぽろき》ですが、我が家ではなかなか大きくならないのです。
・人参――五寸人参ですが五寸まで育つでしょうか?
・小カブ――浅漬けに最高です。

・二十日大根――ピンクのピクルスになります。
・ツルなしインゲン――胡麻和《ごまあ》えなど酒のつまみに直行。
・ピーマン・シシトウ――シシトウは焼くのが大好き。日本酒のお供ですね。
・枝豆――二種、夏の甲子園の時に採れたて茹でたてをビールで！
・キュウリ――何にでも使える便利食材です。
・茄子《なす》――浅漬けや味噌・油での調理が最高です。
・青梗菜《チンゲンサイ》、小松菜、サラダ菜、水

菜——はらぺこあおむしと奪い合いです。
・カモミール——二十年がんばった株が昨年消滅し、新しく植えました。
・チャイブ——二十年前に植えた株が小さくなったので新天地に新株を植えました。
・シソ二色——手巻き寿司はもちろん、シソの実漬けは冬まで楽しめます。
・勝手気ままに生えているもの——イチゴ、ウド、うるい、ギョウジャニンニク、ブルーベリー、ブラックベリー、ハスカップ、レッドカラント、ブラックカラント、タイム、オレガノ、アップルミント、ペパーミント、東《ひがし》川《かわ》小《こ》葱《ねぎ》、ベルガモット、フキ。
・附記：家の中で育てている食材——ローズマリー、ローレル（大木になってきた）、バジル。

ふと周りを見渡すと、医師で農作物を育てている方が何人かいらっしゃいます。中にはご夫婦で大きな畑をもたれている方もいらっしゃいます。育む工夫をする感覚が職業とマッチする部分があるのかも知れませんが、魚釣りが好きな医者も多いのですから一概には言えません。しかし、現実は夫婦でスーパーに行くたびに野菜のあまりの安さにがっくりとします。サケを釣ってきた友人が誇らしげにその価値を語るのとは異なります。しかしそんなときには、裏庭からの形も悪く大きさも不ぞろいな野菜たちを「スーパーの物より味が濃いね、穫り立てだものね」と負け惜しみを言いながら食べるのです。

（二〇一九年五月二十日）

今年で最後の歓迎会（?）学生さんたちと我が家でバーベキュー

二〇一九年六月、旭川医科大学学生サークル医療研究会恒例の新人歓迎会を行いました。宮本宅で学生十五人と宮本とのバーベキューパーティーです。ヤフーの天気予報では高率で雨が降る予想で、車庫でのパーティーも覚悟したのですが、当日は思わぬ快晴で、裏庭での爽やかパーティーとなりました。

家内が学会で長期に亘って不在の中、自分一人で丸一日かけ、家の掃除、買い出しから始まり、さまざまな準備を行いました。パーティーは始まってしまうと、学生がすべてしきり、一気に進んでいきます。メニューは以下の通り。

・ダッチオーブン料理二種――四種ポテトの蒸し焼き、丸鶏のトマトソース

・カナッペ――果物・チーズ・自家製ジャム

・焼き肉・焼き野菜――今回は女性が多く、あまった食材は学生で分けてもらいました。

・学生持参のケーキ――人数分以上のショートケーキを買ったため、ケーキ屋さんのショーケースが空《から》になったとか。

・飲み物としてビール、ワイン、シャンパン――シャンパンを開けるのが初めてという学生により、天井まで届くシャンパンの噴水動画が期せずして撮れました。

二次会は我が家の二階のベランダで、爽やかな夜風に吹かれて旭川の夜景を見ながら行いました。昼の二時から始まったパーティーは午後十一時に終了しました。学生さんたちは、家の中のみならず裏庭まで綺麗に片付け、食器洗いし、ゴミは分別し、来た時よりすべて綺麗にして帰って行きました。

翌朝、誰かの置き忘れた雨傘が、朝日を浴びてベランダで揺れていました。

（二〇一九年六月三日）

思い出してごらん……あの頃を

三十六年ぶりの再会　たばやん

二〇一九年のゴールデンウイークは長野県へ夫婦で四泊五日の旅に出かけました。自家用車で四〇〇キロ、飛行機で一六〇〇キロ、新幹線で五〇〇キロ、レンタカーで五〇〇キロの計三〇〇〇キロを超える大移動でした。善光寺《ぜんこうじ》、松本城、安曇野《あずみの》ちひろ美術館、諏訪大社《すわたいしゃ》、白骨《しらほね》温泉、上諏訪《かみすわ》温泉を堪能しました。

三十七年前、大学生の時に一週間研修に行った佐久《さく》総合病院(その時には〝酒〟総合病院かと思うほど飲まされた！)は外観を見ただけでしたが、今も宮本の心に強烈なイメージの残る、亡きカリスマ・若月俊一《としかず》先生の思い出にひたりました。ご存命であった昔から中庭にあった大きな銅像は、今もきっとどこかにあるのでしょう。まさか玄関ホール？

「僕は外科医だから、立ったまま仕事しないと寝てしまう」とおっしゃり、当時の院長室には立ったまま仕事をする大きく背の高い机だけ、そして確かに椅子はありませんでした。

さらにメインイベントとして三十六年ぶりに、我々夫婦と大学同期の神経内科開業医〝たばやん〟と飲み交わしました。彼はかつて、その佐久病院に二十年も勤めていたのでした。

我々旭川医科大学五期生卒業三十周年パーティーの時に宮本が撮り溜めたビデオ、学生時代弓道部で一緒だった時の写真、ともに飲み明かした実習（岩淵）グループでの写真など六ギガ以上のメモリー量をタブレットに詰め込み持参。ＵＳＢに入れたそれらの写真と動画は彼に進呈しました。

〃たばやん〃は、三十周年の時の五期生集合写真を見て、半数以上の人間が同定できない……という事態に驚愕《きょうがく》していました。

しかし彼自身の姿・顔貌には、学生時代からの童顔の面影が残り、判別（？）可能でした。飲んだところは六百年前に開湯《かいとう》し、武田信玄や小林一茶も訪れたという温泉旅館。ご当地名物鯉料理発祥の旅館で、料理に舌鼓を打ち、地酒は滑るようにのどを通りすぎていったのでした。

別れ際に今度いつ会えるかわからないと、不意打ちのように男同士で強烈なハグ!!　先ほど食べた鯉コクのように濃厚すぎる（？）友情を、まるで心肺蘇生のように激しく叩かれる背中から感じたのでした。

（二〇一九年五月六日）

過ぎてきた人生の苦労を笑い飛ばすももちゃん

二〇一九年四月、三十年ぶりに連絡を取り、かつての大親友〝ももちゃん〟と我が家で再会しました。

「もう一生分酒を飲んだから!!……」という彼にエプロン持参の奥様も交え、我々夫婦と四人で、コーヒー・お茶と食事での再会となりました。

今まで遠く離れて住んでいたこともあったのですが、気がつくと現在は〝ももちゃん〟夫婦は我が家から十五分ほ

どのところに住んでいることを知ったのでした。大学時代、いくつかのサークルが一緒で、自分と家内と彼とはともに過ごす時間がいっぱいありました。別にけんか別れしたわけではありません。ただ途中で学年が一学年ずれたことは、同期会で会うことがなくなったという点で、影を落としたかも知れません。学生時代あんなにも酒を飲み、論争し、疲れ果ててそのまま下宿で眠るような過ごし方をしていたことで、かえって社会人になり再会しづらく感じることもあるものです。

我々の結婚式から四年後に彼も結婚し（次ページ写真）、それから三十年、大学に残った宮本と、勤務医を続けている〝ももちゃん〟。ふと気がつくとそれぞれの夫婦の周りには昔からの友人のみならず、若い世代にも、他業種にも多くの共通の友人がいることに気がつ

きました。

そこで今回の再会を企画したのでした。ボロボロな体となった宮本が、まだ、元気なうちに（？）会いたいという気持ちもあったのです。

昔のような論争はありませんでしたが、今までの人生で克服してきた各々のスパイスのような経験を笑い飛ばしながら、心地よいひとときを過ごしました。これからは〝ももちゃん〟ご夫婦と、かつての友人たちを交えたお茶会が増えそうです。今回の経験で、実は……心地よい再会に、酒はなくてもいいものであると知った次第です！

宮本家でのコーヒー・茶パーティーは以下の内容でした。

・コーヒー――スマトラマンデリン、ホンデュラスマルカラ

・茶――知覧《ちらん》茶・加賀棒茶・白桃烏龍茶・杉森烏龍茶
・料理――カナッペ（自家製ジャム）、野菜スティック&ディップ、毛ガニかに玉、ロールキャベツ、椎茸ポン酢、アヴォカドココット、チーズフォンデュ
・スクリーン――思い出の画像七十三枚、五期生最近の動画百二本
・四十年前の医療研・医学生ゼミナールゼミパンフレットなど多数

（二〇一九年五月二十八日）

十勝《とかち》ブルーの朝に　クリちゃん

二〇二〇年八月、墓参りの機会を利用して四十四年ぶりに友人との再会を果たしました。コロナの時期であり、感染者数の少ない時期ではあったのですが、家内と二人で人混みを避けての長距離ドライブとなりました。

この本をお読みになっている多くの方には、四十四年前なんて想像もつかないに違いありません。今回会う予定のクリちゃんと過ごした時代、そう、あれは一九七〇年代初めのことでした。ともに過ごした高校は長期にわたりロックアウトされていました。これは機動隊が過激派学生を締め出し高校を占拠、一般高校生は入ることができない状態のことです。授業は再開しても爆竹や、発煙剤、パチンコ玉などが飛び交い、すぐ休講。札幌の街頭や各大学ではデモ隊がシュプレヒコールをあげている。テレビでは全国の過激派による事件が絶え間なく実況中継で流され続ける。二人はそんな時代に高校生活を送っていました。高校時代は顔見知りではありましたが、親友ではありませんでした。

高校を出てからも、変わるはずだと思っていた社会は変わらず、あんなに僕らをあおっていた先輩たちはいつの間にか大学や会社に滑り込んでいきました。取り残されたような不安定な時代に二人は引き寄せられるように知り合うことになったのでした。今までの本にも書きましたが、そんな不安定な時代に、まだ何ものでもなかった友人たちが、今なおお互いの心の支えになっているのは不思議な気がします。宮本は不安定な自分から立ち直るのに四年ほど要しましたが、クリちゃんはもう少しかかりました。それは、クリちゃんが決してのんびり屋であったからではありません、時代から受けた心の傷が宮本より大きかったからだったように思います。

さて、クリちゃんは紆余曲折《うよきょくせつ》し宮本より時間をかけて、難関旧帝国大学の医学部を卒業し、勤務医を経て十勝平野の街の医師会長になっていたのでした。四十四年ぶりに電話し、快諾を得て、今回夫婦で〝お泊まり〟に行くことになったのです。いろいろ語り合ってきました。

なんと彼は数年前に大病を患い、二年間車椅子生活だったとのことでした。箸も持てない中、奥さまに車椅子を押していただきながらクリニックを続けたのでした。彼の身の回りすべての介助に加え、カルテや処方書きもすべてクリちゃんの指示で奥様がされていたとのことでした。あの、明るい「クリ」だからこそ、そしてさらに明るくすばらしい奥様の支えがあったからこそ乗り越えることができたのだと思います。彼は今も階段の上り下りは、加齢のため筋肉が衰えるフレイルの状態で肥満の宮本とまったく同じように手すりにつかまり横を向いて一段ずつです！　階段を上がり（登り？）ながら二人で思わず顔を見合わせてしまいました。二人の脳裏にはあんなに駆け回っていた青春時代が走馬燈のようによみがえります。現在は朗々と万葉の歌をうたい、自作鉄道模型のジオラマに目を細めるクリちゃんでした。

夜はうまい酒を酌み交わし、思い出話に花が咲きました。しかし夜八時には宮本ダウン！　長距離運転したので……と言い訳しながら、

「僕はいつも夜中まで寝ないのに」

と言うクリちゃんを残し、普段どおり（？）九時前には寝てしまった宮本です。

布団をかぶっても、夢の中で思い出は広がっていきます。四十四年前クリちゃんの家でお母さんが用意してくれたごはん……山盛

りごはんと煮しめが美味しかったな〜〜お金のない友達七人でキャンプに出かけ、海に向かい肩を組み心ゆくまで「知床旅情」や「友よ」の歌を歌ったんだっけ。酔っ払って前後不覚に陥り、皆の制止を振り切り、電信柱に登り「ミーン、ミーン……」と蝉になりきり、ず〜〜っと鳴き続けていたのは……クリちゃんだったっけ？　僕だったっけ？

目覚めると〃十勝ブルーの青空〃に体が染まりそうな朝でした。朝にはクリ家のごはんをごちそうになりました。超具だくさんの味噌汁と、子ども用のお茶碗の底に盛られたスプーン一杯ほどのごはんに、奥様のクリちゃんへの心遣いが偲ばれました。出発の時、男二人は門口でがっしりと手を握りました。クリちゃんの言った言葉は、

「本当によく来てくれたな。体に気をつけような。つぎ四十四年後はもうないな……」

（二〇二〇年八月二十日）

風に吹かれて〝ふらり〟　畏友《いゆう》と義兄弟

もう二十年も前のことになるでしょうか、日本小児外科学会学術集会の会場にて宮本は、当時富山市民病院におられた宮本正俊先生にご挨拶させていただきました。というのも、それまでいくつもの学会で、宮本正俊先生の明快な発表と切れ味の良い質問に圧倒されていたからです。そしてもうお気付きでしょうか？　二人の名前です。二人は学会名簿で常にとなりに並んでいて気になっていたのです。さらになんということでしょう、子どもの時から我が母は、

「あんたが生まれた時、名前を和俊にするか正俊にするか悩んだんだよ」

と、言い続けていたのです。

学会場で自己紹介した後は、もうその日から飲み会へいくのが当時のしきたり（?・）でした。二人だけのこともあれば、各々の後輩や、各々の小児外科医の友人を交えての飲み会もありました。毎年どこかの学会、研究会でお会いし

ていたのです。いつしか二人は酒場で義兄弟の契りを結び、正俊先生が年上であったため兄貴分となり、兄ちゃん先生と呼ばせていただくようになっていました。

写真は宮本が二〇〇七年に旭川で主催した第十八回日本小児外科QOL研究会懇親会会場（旭山動物園モグモグテラス）でのものです。

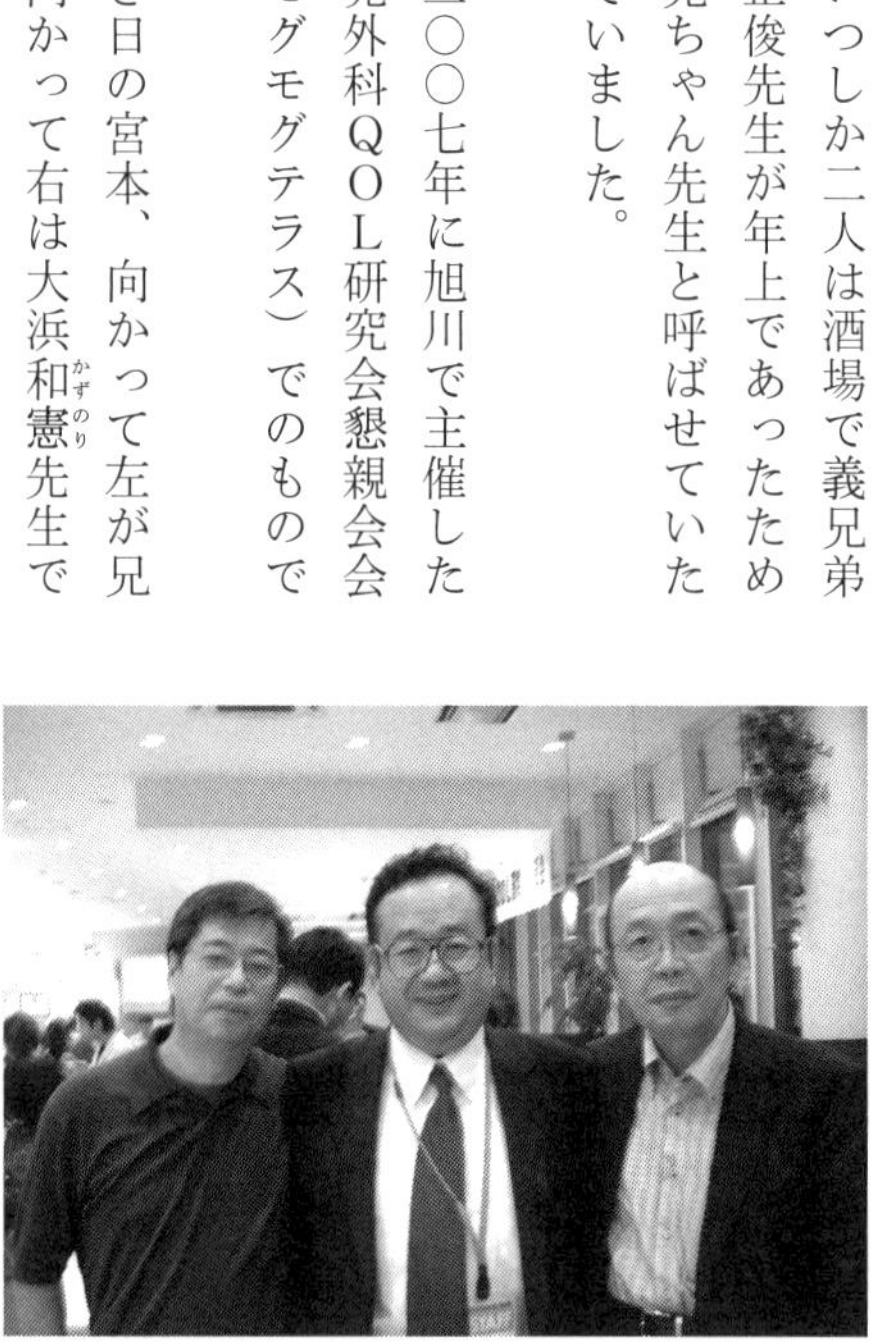

写真中央は若き日の宮本、向かって左が兄ちゃん先生で、向かって右は大浜和憲《かずのり》先生です。大浜先生は当時石川県立中央病院におられ、兄ちゃん先生を通じて知り合い、いつしか一緒に飲み合い語り合う仲間として認められるようになっていたのでした。大浜先生は医学界のことにも、また外の世界のことにも博識で、気迫がありながら優しい先輩であり畏友《いゆう》と呼ば

せていただけるような仲になっていきました。
この大切な関係はどんどん密（?）になっていきます。二〇〇九年鹿児島での学会終了後には三人でレンタカーを借り、運転手は宮本で空港近くの温泉に一泊旅行を敢行しました。二枚目の写真は「仙巌園《せんがんえん》」で、桜島を背景に撮ったものです。その後、日当山《ひなたやま》温泉で美味しい食事と温泉を堪能した後には、まるで修学旅行生のように枕を抱えながら夜中まで語り合ったのでした。大浜先生の詩心には心打たれました。

その後、兄ちゃん先生が金沢大学の教授となられたあと、金沢のお宅で食事をごちそうになったこともあります。二〇一八年には別な学会があり、またもや金沢に向かいました。学会の合間を縫って兄ちゃん先生は自分の車で能登半

島一周のドライブに連れ出してくれました。途中では兄ちゃん先生のご自慢の別荘と、大きな釣り船も見せていただきました。

次の日には兄ちゃん先生奥様、大浜先生ご夫妻とも合流し、白山山麓の料理宿〝ふらり〟へ。一日三組の客しか取らないという家庭的なお宿での写真がこちらです。この写真を見て、別の学会が重なり参加できなかった妻は嘆くことしきりでした。それにしても三枚の写真の人物、確実に歳を重ねていますね！

近年は新型コロナウイルスの感染拡大のため学会研究会はＷＥＢで開催されることが主流となりました。インターネットを通じた発表や講演や会議は、早い、安い（旅費・宿泊費がかからない）、わかりやすい、と若いドクターたち

には評判が良いようです。しかし、WEBでは、ここに書いたような付き合いは難しいのでは……と古い医者は心配になります。若い世代には、新しい人間の付き合い方が創られていくのでしょう。古い世代から心よりエールを送ります。

（二〇二一年六月二十日）

禁じられなかった遊び

「エッエエ〜〜、ミヤおぼえてないの？　二人であんなにいっぱいお墓つくったのに！」小中学校の同窓会にて、四十年ぶりに会った大親友のS君（以下セガチン）からそう言われた！

な〜〜〜んにも、覚えていない。

ん？　いや、まてよ……あれはたしか学園紛争のさなかの高校時代……床屋でラジオから流れた音楽に、体中が痺れるように反応したことを思い出したのでした。その音楽は自分の子ども時代にすごく大切なものだった記憶があったのでした。床屋の親父に曲名を聞いたら即答。「禁じられた遊び……監督は……」もう言わなくていい。思い出しました。監督はルネ・クレマン、音楽はギターのナルシソ・イエペス。ミシェルとポーレットの物語。子ども時代、いつものように留守番をしていた夕方に、一人テレビでその映画を見たのでした。その映画の中の何かに触発され、いっぱいつくったお墓のイメージだけが床屋の椅子の上で浮かび上がって来たのでした。まさかその子ども時代から何十年もたち親友からそんな話が出るとは。

「ミヤは、魚の解剖が大好きで、家で死んだ金魚や、魚屋さんやお祭りの金魚屋さんから要らなくなって貰ってきた魚を二人で解剖したんだよ、授業で使ったカエル解剖セットを使って。解剖が終わるとね、ミヤはかわいそうだからといってお墓をつくるんだ。僕の家の庭にね。鳥やカエルのお墓もいっぱいつくったんだよ」

う〜〜ん、記憶があいまいです。何となく普段はやってはいけない解剖というものに心ときめかせながらも、失った命の重さを後ろめたく感じて墓碑をた

てていたのかも？　などと考えていたら、セガチン曰く、

「だから、ミヤは外科医になったんだね！」

と言うのです。

こんな話を聞いた家内は、

「あなたはすぐに忘れても、お庭にいっぱい墓碑をたてられたS君は忘れられなかったんじゃない？　そうそう、あなたは子どもの時から魚を捌《さば》いていたから今あんなに綺麗にお魚を食べられるんだ！」


ん～～二人とも……違う！　将来外科医になりたかったわけでも、綺麗に魚を食べたかったわけでもないのです。自分はミシェルやポーレットのようにキリスト教世界で生きているわけではないし、戦争にあらがう思いで十字架を集め立てたというわけでもない。だって、僕らの墓碑は十字架ではなくアイスキャンディーの木のヘラだったし……ただ、思い出したのは、鬱蒼《うっそう》としたお庭の片隅で、緑苔むす一角に次々に立てていったヘラの墓碑……。

もしかしたら自分の中には、放置しておいたら魚の解剖が猫へ……とエスカレートする傾向があったのかも知れない。小学校の時に科学として解剖を教えてくれたO先生、いっしょに解剖に付き合ってくれていたセガチン、魚を解剖しお墓をつくる子どもたちにそんな遊びを禁じることもなく、次から次へとおいしいものをいっぱい食べさせてくれた優しい優しいセガチンのお母さん、そんな環境が、いけない方向に向かうかもしれなかった自分を守っていてくれたのかも知れません。

あれから五十年以上たち外科医になった自分は、日々解剖の勉強をしながら手術に明け暮れている中で、そのようなことをふと思ったのでした。

（二〇一八年二月二日）

〈追記〉

本文の校正を行っていた二〇二〇年十月、セガチンの訃報が飛び込んできました。不慮の事故であったとのことです。忽然《こつぜん》としてセガチンはこの世を去り、残された自分は、ただぼう然とするばかりです。

半世紀をさかのぼる魔法の言葉

宮本の卒業した小・中学校は小中一貫校の〝はしり〟であり、札幌の藻岩山《もいわやま》のふもとにあり、一学年二クラス、八十名ほどの小規模校でした。先日集まったクラス会の集合写真を見ると男は頭が白くなったり、光ったり、顔にはカビが生えたり、太ったり、とさまざまですが、女性はな

んということでしょう……美魔女ばかりなのです！

今年の東京での同窓会には十四名が集まり横浜で中華とカクテルを楽しみました。宮本以外の十三名のうち二名とは実に四十八年（半世紀）ぶりの再会でした。若い方は、半世紀なんて聞くと気が遠くなってしまうかも知れませんね？

実は人間の脳は偉大です！　半世紀なんていう時間を、魔法の言葉で一瞬に戻すことができるのです。

魔法の言葉は……　〝あだ名〟です！

（二〇一七年十二月十七日）

いとこがいっぱい

皆さんにいとこ（従兄弟姉妹）はいらっしゃいますか？　どんどん少子化が進んでいく日本では、いとこの数もずいぶん減ってきているのではないでしょうか？　お盆や正月には本家で、結婚式や葬儀では会場に親戚一同が集まり、久しぶりに会ったいとこたちが周りを走り回る……なんていう構図もだんだん失われつつあるのでしょう。

実は僕にはいとこが三十人以上います……と言ったら驚かれるのではないでしょうか？　小学校の時に気になり調べたことがあるのですが、父方と母方合わせて三十人、というのは同世代でも非常に多い方だったと記憶しています。

僕らが育ったのは終戦後の貧しい時代であり医療が行き渡らず、赤ちゃんの死亡率も高く子どもの事故死も多い時代でした。いとこの中にも小さな時に亡くなった子どもたちがいて、実は正確な数字はわからないのです。先ほど三十人以上と書いたのはそのためなのです。

さて、このたびの宮本の教授就任を祝って、母方のいとこたちが札幌に集結し「お祝いの会」を開いてくれました。いとこたちが率先して自分たちだけでこのような会を企画したのは初めてでした。というのも、二十年ほど前から、父方も母方も盆・正月に本家に集まることを断念するようになっていたからなのです。古くから日本にあった本家・分家そして家父長制という制度は崩壊しました。先祖代々の墓も守ることが難しくなってきていたのです。

話を元に戻しましょう。いとこたちが札幌のイタリアンレストランでの和気藹々《あいあい》のパーティーを企画してくれました。メッセージつきの特別なケーキや花束も贈呈してくれました。一番若い叔父さんご夫婦も参加してくださいました。写真に示すように十一人での会話が弾みます。僕は従兄弟姉妹の中では比較的若い方なのです。

杯を重ねるに従い、各々の近況報告も交え、職場に関する情報交換、農業の大変なこと、子育ての苦労や自慢、退職後の気持ち、親の介護の話なども出ますが、不思議なことに皆の話題は、ついつい子ども時代の思い出に戻るのです。小林家の本家の子ども心に大きく思えた仏間や台所やペチカ、馬小屋では大きな馬がいななき、裏の川で魅力的に泳ぐドイツ鯉や這い上がってくる川蟹の誘惑。絶対近寄ってはダメだと言われたのに、その魅力には抗えませんでした。男の子同士で探検して歩いた裏庭や納屋。二階の子ども部屋にあがり親には秘

小林家の従兄弟姉妹会そして末吉さん御夫妻
この度は本当にありがとうございました。
末永く皆様の幸せが続きますよう
お祈り申し上げます、・和俊・晶恵

密の宝物の披露……そうそう、その時嬉しそうに机の引き出しから宝物を引き出して見せてくれた同い年のトシちゃんは二十四歳で壮絶な病死を遂げたのでした。急に皆がシンとして各々のトシちゃんの思い出を語り始めました。

いとこたちへの宮本からの贈り物は、昔の思い出写真のアルバムと、旭川在住の版画家渋谷正己さんの版画（各々異なるフクロウのカップル）でした。そのアルバムの中にも入れた前ページ下の写真は八十年ほど前の小林家の一族写真です。背丈より大きなフキの中で開拓農家の一族が各々の表情で写っています（昔はチーズ！　などと言って写真を撮ることはなかったのです）。ご先祖様たちはそれぞれ何を思っていたのでしょうか。ちなみに前列左から二人目・長髪の女の子が少女時代の母です。

（二〇一八年九月二十五日）

さまざまな心模様

ソフトフォーカスの思い出

宮本は二〇一九年三月、大学病院眼科で右眼白内障の手術を受けました。手術により右視野ホワイトアウト状態から驚くほどクリアーな視力・視野を得ることができました。

実は十年前、母も当院眼科で両側白内障の手術を受けています。母は手術後に直筆で執刀医にお手紙を書き、宮本はそれに小文を添えました。母の手紙のコピーは行方不明ですが、コンピューターに残っていた宮本の添え状を一部引用します。（ ）内は今回つけた注釈です。

さて、昨年末には、母　宮本シゲの手術の執刀を行っていただき、誠にありがとうございました。母は、術中、術後に人生が変わるような感動を受け、見えるようになった目で、先生にぜひとも感謝の手紙を書きたいとのことで、昨日一日かけてなにやら辞書を引きながら机に向かっておりました。

今回の手術にあたり、母からいろいろな話があり、感動したことが二つあります。一つ目は、手術の翌日、母がしげしげ（母の名はシゲ）と、何回も手鏡を見ながら「これは本当にわたしの顔？　今まではわたしに皺もシミもないと思ってたわ」と言ったこと。この言葉は、今年の我が一族の流行語大賞になるのでは……と、感じた次第です。新聞も拡大鏡や眼鏡なしに楽々読めるのが不思議なようで、そのような姿を見る周りの者も幸せになりました。

母は七十八年（手術当時）の人生で多くの手術を受けてきました。その中で、今回の手術は、文字通り人生を明るくし、性格を明るくし、さらに周りの人間まで明るくするという手術であったと喜んでいます。どうもありがとうございました。

　この手紙を読みながら、思わず噴き出してしまいました。親子二代に亘り白内障手術の翌日に鏡で自分の顔を見て「これは本当に自分の顔？」と、思うなんて！　もともと宮本は自分の顔なんてそんなにじっくり見たことがなかったのです、ましてや皮疹《ひしん》が出て髭が剃れなくなってからは、顔をよく見るのも〝おっくう〟になってしまっていたのでした。ところが術後は自分の顔の皺やシミ、ホクロは当たり前にしても、ホクロに生える白や黒の毛!!　眉毛に紛れ込む異常に長い毛……どこまでもクッキリ見えるのです。術後、家に帰って家内の顔を見るのが恐ろしい……？

　そこで思い出したのが、大好きな女優の一人イングリッド・バーグマンの映画でした。子ども時代から好きで、淀川長治《よどがわながはる》さんの解説する名画劇場などで繰り返し観ていました。確か映画『カサブランカ』のワンシーンで、クッキリとした画面がハンフリー・ボガートにズームアップし、次いで画面はイングリッド・バーグマンに切り替わる場面があります。すると、なんと突然霧でもかかったように女優の顔は淡く〝はかなげに〟にじむのです。少年宮本はよく見ようと何度も目をこすったものでした。「ソフトフォーカス」という言葉を知ったのはずっとあとになってからです。さて、現在はテレビシステムが４Ｋどころか８Ｋ・16Ｋの時代です。モニターが精細な画面になった点では画期的ですが、女優さんたちには過酷な時代と言えるかも知れません。ソフトフォーカスよ再び!!　という叫びが聞こえてきそうです。

宮本が家に帰って家内に会い、何を考え何を感じたか？　詳しく語ることはしません。ただそんな中で思ったことは、ここには三十年以上もともに人生を乗り越えてきた夫婦がいる！　ということです。白内障手術によるソフトフォーカスからの覚醒は初めての経験でしたが、人生ではあえてソフトフォーカスで見る場面もある、という経験知はお互い身につけていたのでした。

そうはいってもたった一つ、残念なことがあります。それは、二人とも還暦を過ぎ、今や二人の記憶自体がソフトフォーカスとなってきていることです。

（二〇一九年三月二十一日）

カレイな男のノリ

あれはまだ宮本が三十代も半ばの頃、今ではもう四分の一世紀も前のことです。夫婦二人の朝食での出来事でした。炊きたてご飯に、焼きカレイ、味噌汁、漬け物といったシンプルな朝ご飯を食べていました。外科医宮本は魚を解剖するかのようにきちんと食べるのが好きで、宮本が魚を食べた後のお皿は、ネコも跨《また》いで通ると言われるくらいなのです。つまり魚は硬い頭と一部の骨格が残るだけとなるのでした。

その日の朝も、焼きカレイの縁側を一周ぱりぱりと食べ、中骨もじっくりと嚙んで味わい、最後に残ったエラのところの鋭い形の骨（鎖骨？）だけは残していました。しかし、それを見つめているうちにどうしてもトライしたくなったのです。骨をはずしバリバリと……と、骨の一部がノドに向かい……まずい！刺さったかも！　そこで過去の記憶がよみがえりました！　中学生の時にも同じくカレイの同じ骨で同じ経験があったことを……思い出すのが遅すぎました。すべての骨は吐き出したつもりでしたが、ノドには違和感が残ったのです！　今までどんな魚の骨もひっかけることなく食べてきた宮本のたった一度の悪夢が再現したと家内に告白しつつ、うがいしていると、彼女はあきれはて、笑うことしきり。「まったく、男の子って……」

その後も違和感は残り耳鼻科を受診しました。学生時代からお世話になっていたT講師が舌圧子《ぜつあつし》でノドを診察してくれました。骨は見つからなかったのですが、すぐにX線検査に回されました。


「いや～T先生、たかがカレイの骨のことで申し訳ありません」

「ん？　宮本君、何か勘違いしているんじゃないの？」

「へ？」

「〝中年〟男性がノドに骨を引っ掛けたと言ってきたときの鑑別診断は？」

「え～と、骨以外の異物……爪楊枝とか、咽頭炎《いんとうえん》も……」

「何言ってんだ！　悪性腫瘍だよ!!」

と言いつつ見せてくれたX線側面写真では頸椎《けいつい》の前に写る咽頭後壁が一部異

様に厚くなっていました。

「宮本君がいくら太っていると言っても、ここは太らないんだ！」

造影検査では右のノド（梨状陥凹《りじょうかんおう》）が潰れています。二日後に耳鼻科で喉頭鏡、さらにその二日後に内科で内視鏡が予約されたのでした。

医者から言われる一言は重いのです。家に帰ってからも頭の中には〝悪性腫瘍〟という言葉が渦巻きつづけました。過去に吸ったタバコや飲んだ酒の量を計算して、あまりの量の多さにがっくり来ました。それまでは、家内曰く「小学生みたいに九時間」寝ることが普通だったのに七時間しか眠れなくなり、心配のあまり食事がノドを通らなくなってしまいました。発症から十日で体重が二キロ減ってしまいました。まだ悪性腫瘍のことを告知されていない無邪気な妻は、結婚以来の念願のように痩せていく夫を嬉しげに見ているように見えました。

さて、喉頭鏡検査の日です。T先生に早速怒られてしまいました。舌とノドに麻酔をされたのですが、舌を鷲づかみにされただけでオエオエし、さらにそれを引っ張られようものなら呼吸すら難しくなり身をよじって抵抗したからでした。

「こんなに我慢できない医者、診たことがない！」

あっ、これはどこかで聞いたセリフです。子どもの頃、往診にきていただいた自宅近くの開業医の先生が、寝ていた宮本に注射器を構えて近づいてきたときのこと。最初から暴れると押さえつけられるので、充分引きつけておいてから、蹴りを一発いれたのでした。ガラスの注射器は見事に吹っ飛び、となりの畳にブスッと刺さりました。真っ赤に怒った先生は、

「こんな子、診たことない！」

と言って、平謝りの母を押しのけるように帰ってしまったのでした。懐かしくも三十年ぶりに聞くセリフでした。結局喉頭鏡ではノドが腫れていること以外新たな所見は見つかりませんでした。

日をあらためての内視鏡を行った時のことです。内視鏡担当の後輩のO医師

が、なにやら嬉しそうにニヤついて内視鏡にゼリーを塗りたくっているのです。学生時代何か彼をいじめたことがなかったか、急に不安になってきました。繊細な宮本のノドは凶暴な内視鏡を拒もうとするのですが、先輩の意地と医師の誇りがそれを押しとどめました。

内視鏡を引き抜いて帰ろうかと思ったときには、カメラはノドを越え胃の中を見ているのだと気がつき我慢しました。そのまま自分もモニターを見続けました。内視鏡は引き抜かれたのですがO医師は胃の壁の生検の準備をしているようです。気まずい空気を読むことのできる宮本は、

「イヤーすいません、昨晩ノリをたっぷり食べたものですから、胃の中に残っちゃって……」

先ほど見たモニターには四角い真っ黒なノリが胃に張り付いていたので、早く告白した方がいいと思ったのです。

「宮本先生、冗談言っているんですよね！」

「へっ？」

「ご存知とは思いますが、あれは出血が凝固したものです。潰瘍《かいよう》だとは思いま

すが、これからいくつか検査します。それからノドは心配ありません。骨が刺さった時のキズがもう治りかけています」

新たな谷底に突き落とされるような一言の後は……苦しみも何も覚えていません。生検した細胞の検査結果が出るまでの一週間、また体重が減ってしまいました。家内は痩せゆく夫を見て、ますます嬉しそうにしています。そんな笑顔を見るとまだ告知はできないと落ち込んでいました。

結局カレイの骨で傷つき感染したノドは三週間で治癒し、T先生の脅し？で増悪したと思われる胃潰瘍は一か月で治癒しました。恐怖の三週間で減った体重四キロは、胃潰瘍に良さそうなものを食べ続けた結果十日でもどりました。これをきっかけに禁煙したので、この点に関してはT先生に感謝しています。二度あることは三度とか。いくら〝こりない男の子〟でも当面カレイの骨にチャレンジすることはないでしょう。しかし今度は、認知症になったあたりで、またカレイの骨にチャレンジする男の子に戻ってしまうのでは……という不安はぬぐえません。

あっ、そうそう、みなさま、内視鏡検査の前にノリを食べない方がよいですよ。念のため。

以上「カレイな男のノリ」でした。

（二〇一七年十二月四日）

震災と黄色いハンカチ

二〇一一年三月十一日の東日本大震災後一年たち、仙台を訪れました。もう、あれから八年が経ちました。あのとき仙台で飲み交わした大学同期の吉田和正先生を思い出しています。写真はその時のもので学会に一緒に参加した学生さんと吉田先生との会食時のものです。

吉田先生は震災の時、勤めていた病院の一階が津波に浸りました。彼は患者、職員を三階の屋上に避難させ、被災地の空を飛び交うヘリコプターが気付くようにと、周りにあるもので屋上にＳＯＳを組み立てたのでした。旭川で、ただテレビを見ていた自分は、病院屋上にゴミで描かれたＳＯＳのサインを見ても、まさか同級生が必死に組み立てたサインだとは気がつかず、ただ呆然《ぼうぜん》と画面を眺めているだけだったのでした。

実は、その後も震災後の医療に尽くしていた吉田君は、自身の闘病ののち逝去されました。ご冥福をお祈りいたします。

未だコントロールのついていない福島原発、押し寄せる新型コロナ感染の波、日本各地で多発する地震……。

どうか、これ以上の厄災が起きませんように……。

（二〇二〇年四月二十六日）

八年前のフェイスブックから

がれきの中にはためく「黄色いハンカチ」。昨日、仙台市の海沿い、閖上《ゆりあげ》地区での光景です。まるで映画『幸せの黄色いハンカチ』のラストシーンのように、自宅の跡地とおぼしきところに、あちこちに、はためいていました。

離ればなれとなった人への、あるいは再会を祈っての、失った人々への、それとも愛する人々へのメッセージなのでしょうか。

（二〇一一年四月二十六日）

ともに夢を語りあえる幸せ

以下の文章は、コロナ禍のため幻に終わった二〇二〇年三月の教授退任パーティーで配布する予定であったリーフレットに記したものです。自伝に近いものなので、これまで『たたかうきみのうた』に記してきた内容と一部重なりがあることをお許しください。

幼いころに大けがを

宮本は一九五四年四月、北海道夕張郡長沼町《ながぬまちょう》にて、荒れた畑しか持たぬ農家の子として出生いたしました。生まれた時には父も母も入院しており、出生届を出すのが遅れ本当の出生日より二日遅れの戸籍上の誕生日となっています（本当ならば四月八日とお釈迦様と誕生日が同じなのに……と、子ども時代は悔しかったのです！）。

一歳過ぎに父の御す馬車がカラス蛇に驚き暴走し、父は横に寝かせていた息子を馬に蹴られず、車輪にも巻き込まれないようにと道路脇の牧草地に投げ込みます。しかし草のかげには大きな石があり、馬車と馬の間から滑り落ちた父が駆けつけた時には、息子は石に頭をぶつけ、すでにぐったりとしていたと聞いています。

救急車もない時代に山の中から栗山赤十字病院に運ばれました。X線で頭蓋骨の陥没骨折との診断でしたが、CTもなく子どもの脳外科手術もできない時代であり長期入院となりました。赤ちゃん用の点滴セットもない時代、写真のように〝むちむちベビー〟でしたので点滴もとれず、大腿にリンゲル液持続筋注をしてしのいだようです。

中学高校は学園紛争の時代

小学校入学前は痩せて肋骨《ろっこつ》が浮き出ていたので〃ゆたんぽ〃と呼ばれていました。札幌に出て小学校に入ってからは、給食などで栄養状態は改善し丈夫になりますが、大腿前面は赤ちゃん時代の点滴による四頭筋拘縮のためへこんでおり足が遅く、運動が苦手な子になっていきました。

とは言ってもそこは男の子、体を動かしたくなり、中学高校と卓球に夢中になります。そしてその時代は学園紛争の時代と重なります。高校に入るなり、列を成す機動隊に囲まれ、高校敷地から排除され三か月の高校封鎖（ロックアウト）、となります。そして続く一か月の夏休みに突入しました。結局、パチンコ玉で窓を打ち抜かれ、バルサンの煙たなびく教室での授業が始まったのは九月に入ってからでした。そんな高校を卒業した後は、目的を失いドロップアウトしていた人生でした。

教授の話に感激し、第一外科へ

その後、結局早稲田大学の政治学科から旭川医科大学に五期生として入学し一九八三年に卒業いたしました。

在学中は現役生に比べ四歳年上であったことから外科修練には遅すぎるとあきらめ、心療内科あるいは精神科への道を考えていました。しかし当時宮本が部長をしていた医療研究会の顧問であられた第一外科教授の鮫島夏樹先生に諄々《じゅんじゅん》と諭されることとなりました。鮫島先生は青年医師時代に重病のため数年外科を休まれたことがおありでした。その時の悶々とした気持ち、一途な心の持ちようを話され、さらに刻々と変わる状況の中で何を大切にし、どのように希望を持ち続けたかを語ってくださいました。そのあまりにも偉大で崇高なお話は、聞く者の気持

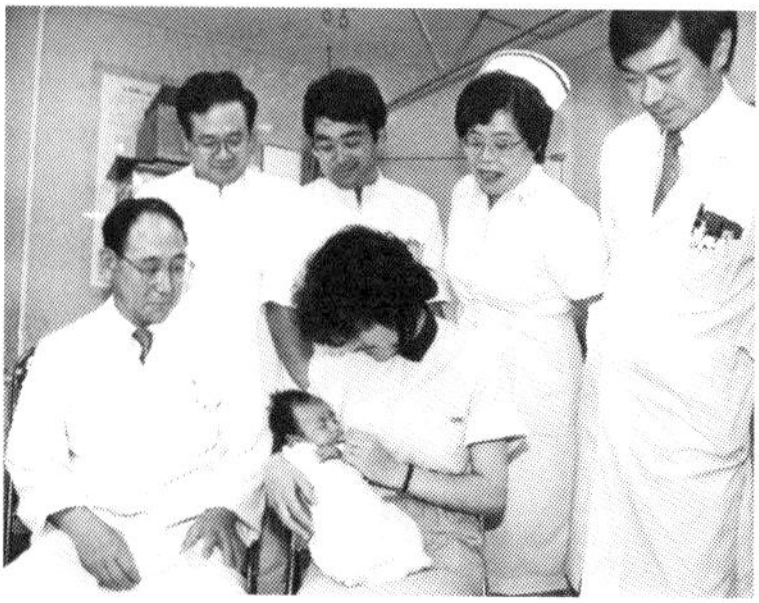

鮫島教授との回診での一コマ

ちのみならず生活まで変えてしまいました。すっかり自分は外科で頑張れると勘違いした宮本は六年生の夏に第一外科に入局を決意したのでした。

国家試験が終わり、その発表も待たず鮫島教授ご夫妻のお仲人で同級生であった家内と結婚しました（写真）。しかし第一外科に入局した後も小児外科だけには近づかないようにしていました。というのも家内は小児科志望であり当時の第一外科と小児科のカルテの上での激しいバトルは学生にも衝撃で、そんなバトルを家庭の中にまで持ち込みたくないと考えたからでした。

小児外科を目指したきっかけ

初期研修は市立旭川病院外科でした。そこには鮫島外科とは異なる、いわゆる古い外科がありました。研修医は家に帰らないのが当たり前、たとえ中堅の外科医であっても、精神的にも物理的にも上級医に打たれるのが当たり前という世界でした。当時の宮本にはそのような古い外科体制の持つ意味がわかりませんでした。はじめの三か月はつらい日々が続き、家に帰れた時には家内に愚痴ばかり、もうやめたいとばかり言っていました。

しかしそこから事態は急変していきます。大学におられた熱田友義講師が市立病院のトップとして着任し、伊藤紀之先生、菱山豊平《ひしやまほうへい》先生、本原敏司《としじ》先生といった錚々《そうそう》たるメンバーがそろいました。研修医宮本の生活は一変し、手術では突然執刀にあたるようになり、毎日病院に行くのが楽しくなりました。

そんな宮本に熱田先生はなにを見ておられたのでしょう、突然、小児外科セミナーに参加するよう言い渡されたのです。一週間の滞在費と旅費はすべて病院持ち、なおかつ人生初の神戸というその二点だけで宮本はウキウキと神戸に向かいました。そしてそこでの一週間の勉強と夜の課外授業で人生はまたもや急展開し、小児外科を目指したいと思うようになったのでした。セミナー冒頭で青山興司《こうじ》先生の講義があり、その最初のスライドと話しぶりは今でも脳裏に焼き付いています。

それから三十年たち宮本が日本小児外科学会で教育委員となり小児外科セミナーの講師を仰せつかることになりました。その授業の冒頭で、三十年前の青山先生と同じ構成のスライドを作り講義を始めました。それを聞いていた岡山から来た青年医師は地元に帰り、青山先生に三十年越しの感動を伝えました。そして青山先生からあふれる想いに満ちた直筆の手紙が宮本に届くことになったのでした。

二年間東京の順天堂大学へ

さて、続く後期研修は旭川赤十字病院でした。柴野信夫先生、松下元夫先生に薫陶を受けました。両先生は人生経験の少ない研修医に、人生のなんたるかを教えてくださいました。宮本は手術の楽しさにどんどん目覚めてゆきました。そんな時、鮫島教授に将来小児外科を行いたいと伝えたところ、非常に喜んでくださり、すぐさま順天堂大学駿河敬次郎名誉教授に

右の写真は1989年英国小児外科学会にて　宮野武教授ご夫妻と

連絡、順天堂大学小児外科に助手として二年間採用されることが決まりました。鮫島教授はさらに旭川医科大学小児科の吉岡一《はじめ》教授にも連絡を取られ、家内もまたまったく同じ時期に東京女子医大小児科の二年間勤務が決まったのでした。当時はこのような粋な計らいもあったのです。
　夫婦二人で東京の中野坂上での生活が始まりました。当時新任で新進気鋭であられた順天堂宮野武教授の宮本への最初の言葉が忘れられません。
「なんだ、宮本その靴は！」
　十月の雪降る十勝清水町からそのまま東京に向かった宮本は、北海道ではオシャレとされていたハイヒールハーフブーツを履き、御茶ノ水におノボリしたのでした。その後、宮野教授には三十年以上の長きに亘り、師（メンター）として指導を仰いでいる次第です。

旭川医大で小児外科医に

東京でのめくるめくような二年はあっという間に過ぎ、平成元年に旭川に戻って来ました。それまで旭川医大で小児外科医としてがんばっておられた大島宏之先生は名古屋に戻り開業され、さらに鮫島教授は退官されるというダブルパンチの中、手元に残ったのは鮫島先生自筆の色紙「養之如春」だけという事態になりました。その時にはこの文言の意味が十分にはわかっていませんでした。そしてそれから第二代第一外科教授久保良彦先生のもとで

久保教授との回診風景

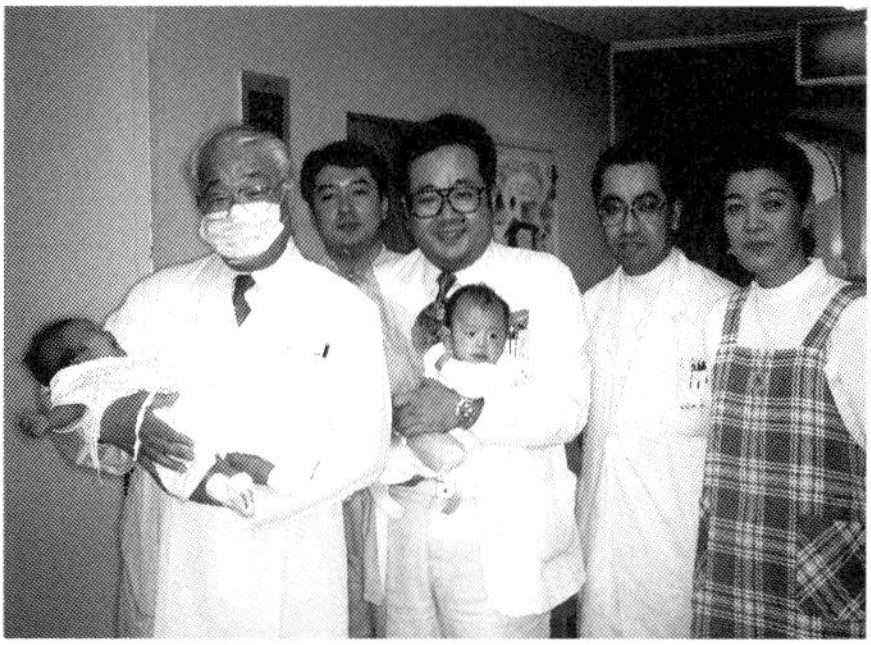

〃一人小児外科医〃としての生活が始まったのです。このとき〃一人小児外科医〃の惨状を見かねた小児科の奥野晃正《あきまさ》教授が宮本の下に一年間交代で小児科研修医をつけるという前代未聞の決断をされたのでした。本当に感謝しております。久保教授には小児呼吸器外科のなんたるかにつき手を取るように教えていただきました。

次第に小児外科志望者が増えてきました。村木専一先生は小児外科専従十年の後、札幌で開業されました。その後専従となった平澤雅敏先生は十六年後の現在もナンバー2小児外科医として活躍中です。この間に第一外科教授は第三代笹嶋唯博《ただひろ》教授となりご指導いただきました。

二十年以上に亘り宮本は助手であり続け、小児外科スタッフは二名とされてきました。ここで宮本は苦肉の策に出ます。小児外科志望の卒業生を二十年間で二十名全国に輩出したのです。現在この中で小児外科を継続しているのは九名、その中の一人宮城久之先生が一昨年からナンバー3小児外科医として戻ってきてくれています。

宮本は笹嶋教授の最後の人事で小児外科科長・講師となり、その後第一外科教授は四代目東信良《あずまのぶよし》教授となりました。二〇一七年に宮本は科長・教授（病院）を拝命し、大学院生の石井大介先生が小児外科専従となりました。

小児外科の未来

二〇二〇年三月現在、小児外科では、科長・教授（病院）は宮本和俊、病棟医長・学内講師は平澤雅敏、経営担当医長・学内講師は宮城久之、医員（大学院）は石井大介の四名のスタッフ、これに研修医、六年生、五年生を加え総勢八～九名で診療しています。

　実は右記のさまざまなエピソードは拙著『たたかうきみのうた』と『たたかうきみのうたⅡ』に多く書かせていただきました。これらの本を書き進めるにしたがい、たった一人で小児外科を行っていた時代には思うことすらなかったような、大

人数で小児外科診療を行っていることに、深い感慨を覚えています。それはまさしく「ともに夢を語りあえるしあわせ」と言えると思います。そして今になって鮫島名誉教授からいただいた色紙「養之如春」の意味がやっとわかりました。春の光のように穏やかに自分も部下も養っていきなさい、何でも一つの志を立てて一生懸命に励んでいるとその人の心は春のように明るく伸びやかになります、何ごとを成すにも温かくおおらかに焦らず休まずにね……そんな思いがつまっていることに気がついたのでした。大切な想いも、大切な言葉も、それを味わうのにふさわしい時節があると知った次第です。

未来を目指してがんばっている若き小児外科医の先生方、「ともに夢を語りあえるしあわせ」を目指してください。「養之如春」この言葉に心震える〝時〟が来ますように。

退職後……夢の中へ？

この本の〝はじめに〟にも書いたのですが、定年退職後の近況報告になります。

二〇二〇年三月をもって旭川医科大学外科学講座小児外科科長・教授（病院）を退任いたしました。その後は悠々自適の生活を……のはずであったのですが、コロナ禍の時代に突入し、シーンとした自室で古い本など読んでいた際に、ふと目に飛び込んできた和歌がありました。

身を捨てて
世を救ふ人も
在《ま》すものを
草の庵《いほり》に
暇求《ひまもとむ》とは

この和歌とのめぐり合いに、ポンッと膝を叩きました。この歌は貞心尼《ていしんに》の歌への相聞歌《そうもんか》として解説されている方もいらっしゃいますが、自分のように、自らを振り返って自戒の歌として受け止める方もいらっしゃるようです。

さて、宮本には外科医をやめるにあたり二つの問題がありました。

一、筋肉量が減って階段の上り下りが不自由に

長年の立ち仕事、不覚の（?）体重増加により膝が痛くなってしまい、階段の上り下りも不自由になってしまっていました。実は退官前に、三か月で十キロほど減量したのです。しかしダイエットを中心とした急な減量は年齢による影響もあるのでしょうが、かえって筋肉の減量をきたしてしまいました。歩くのにも膝がカクカクするようになっていたのでした。

退官後は運動しながら肉を積極的に摂るようにしました。特に昔乗っていたマウンテンバイクは、最初はふらついて恐ろしくあきらめそうになったのです

が、何とか続け、二か月後には、(知る人ぞ知る)大正橋の坂を一気に上れるようになりました。それでも不思議なことに、未だに階段は恐ろしいのです。

二、ハラハラドキドキのフラッシュバック

外科医を突然やめるということには「悪い薬を体から抜く」という事態と似た部分があることに気がつきました。三十七年に亘る手術中毒とでも言える状態だったのでしょう。手術前にいろいろ術式を練り上げる楽しさ、手術中のアドレナリン出まくりの爽快感、術後のドキドキするような病状の変化。なんと退官後には、寝ても覚めてもこのような楽しさ・爽快感・ドキドキが心と体をフラッシュバックし駆け回ったのです。

友人がよくうなされるという試験の夢など見たこともなかった自分ですが、夜、夢の中の手術が楽しくて暗闇の中飛び起き、呆然とする……という事態も多発しました。こちらの方は二か月では消えません。何年もかけボケとともに消えゆくのを待つしかなさそうです。

さて、こんな状態で呆然としている時に学生時代からの友人、道北勤労者医療協会の鈴木和仁《かずひと》理事長と話す機会があり、心に灯をともされました。かねて気がかりであったことの一つ目は、障がい児・障がい者の在宅医療です。自分は小児外科医として障がいを持った子どもたちの手術を行い、それにより子どもたちのQOLが向上したとはいえ、それでもなおさまざまな障がいとともに生き続けおとなになっていく子どもたちがいます。そしてその家族も伴走しています。実はこのように大変な思いをしている人々の在宅医療についてはその実態も明らかではなく、対策などはまだ夢の中なのです。何とかこんな人々に寄り添っていけたらと考えました。

気がかりであったことの二つ目は、子どもの便秘外来です。実は便秘で悩んでいる子どもたちは多く、一クラスに四〜五人との調査報告もあります。小児外科医は従来、小児内科医から重症便秘のお子さんの検査・手術を依頼されていましたので、知識・対応の蓄積があります。小児内科医や小児外科医の負担を減らす一助となればと思っていたのです。

というわけで、六月から週三日だけですが、道北勤労者医療協会副理事長として勤務を始めました。一病院五クリニック四施設で、医師二十四名職員五百名ほどの小さな施設です。コロナ禍にあって病院経営は圧迫され奮闘中ですが、宮本はまず病院の体制に馴染むことから始めていきました。

そうそう、公益財団法人「そらぷちキッズキャンプ」の理事は継続しております。〝病気とたたかう子どもたちに夢のキャンプを！〟と活動を広げてきていたのですが、こちらはコロナ禍で集団キャンプができず、今は道内限定、一日家族一組日帰りでの乗馬体験や、森の探検・ツリーハウス体験ツアーなどを行いながら、新しい道をさぐっている状態です。

というわけで、退職後も医者の仕事、キッズキャンプの仕事を継続することとなりました。

今後ともよろしくご指導ご鞭撻のほどお願い申し上げます。

（二〇二〇年七月二十日）

誇りを胸に、友と前へ

以下の文は　第一〇二回日本小児外科北海道地方会（二〇二一年三月）で行った特別講演の要旨です。実は二〇二〇年三月、宮本は第一〇〇回地方会の会長講演を行い、退職に当たっての気持ちを述べる予定でいました。しかしこの時、コロナ感染は北海道にも広がり始め、いよいよ緊急事態宣言が発令されることとなり、地方会並びに講演会を中止する決断を下したのでした。

不思議なことに一年前の原稿と、未だコロナ禍にある今回の原稿とはまったく異なったものとなりました。一年前の原稿では細かな術式についての考察や先天性疾患に対する考え方などに関する内容が中心でした。しかし、その後コロナ禍という人類の危機に際し、社会も自分の人生も大きく転換してきました。さらに旭川医科大学においては、あたかもコロナであぶりだされたかのように学長・教授たちによるパワハラ・セクハラ・不祥事・お金の問題が噴出してきたのでした。そのため、今回の講演はさまざまな不安を抱えた社会において若い〝小児外科医はどう生きるのか〟に関し述べることとなりました。

講演は慣れないＺｏｏｍでのものでした。講演の対象は一年前には小児外科医だけだったのですが、今回は事務局のお考えで、学生、研修医、小児内科医と範囲を広げていただいたようです。ほとんどが宮本の後輩たちになります。

それでは大まかな要旨となりますがお読みください。

講演会　要旨

皆さま、お久しぶりです。ご無沙汰しておりました。一年前、宮本が小児外科地方会会長であった時に、地方会を中止し、自身の講演会も中止し、さらには退官記念祝賀会も中止としたのですが、まさかその後コロナ禍が一年以上も続き、診療も研究も教育も困難な時代が続くなどという事態をいったい誰が想像できたでしょうか？

今回、困難な事態の中にあって、このような形で学会を立ち上げ、さらには私にこのような講演の機会を与えていただきました、会長の縫明大《ぬいあきひろ》先生、そして事務局の皆さんに心より感謝申し上げます。

今回の講演は事務局のお計らいにより、医学生、研修医、小児外科医のみならず小児内科医までお聞きになる可能性があるとのことです。今回は若い皆さま方の関心が高いと思われる三つの点に話題を絞りお話ししたいと思います。一つ目は、職業としての小児外科とは何であるのかということについて、二つ目はパワハラ、アカハラ、セクハラ、モラハラにもめげずたたかい、誇りを持ち仕事を続けるということ、三つ目は小児外科医の引き際ということについてです。

退官間際に宮本がよくスライドにして見てもらっていたのは一八六〇年頃に活躍したイギリスの外科医サー・ジョージ・ハンフリーの言葉です。「外科では目が最も大切、指はそのつぎに大切、舌は最も大切ではない :In surgery eyes first and most; fingers next and little; tongue last and least.」彼の活躍した時代から幾多の外科的発明・発見がありましたが、ロボット遠隔手術やWEB講演会まで行えるようになった現代にあってもこの本質は変わらないと言えます。

宮本は外科医として目と指は鍛えてきましたが、今回は最も苦手な舌を使ってのお話となります。実は今回は私にとって初めてのＷＥＢ講演会であり、自分の未熟なコンピューター技術ではスライドや動画を駆使して自宅からお話をつなぐことは困難と考え、今回は若手に助けていただきながらじっくり大学でコンピューターの画面に向かい、皆さまにお話しする方法を選択することにしました。今、手元にはお話に登場するいくつかの品々をそろえ、さらには飲み物まで用意してのお話となりますので、あたかも居酒屋でのお話のようになってしまうかも知れませんが、よろしくお願いいたします。

さて、第一の話題は小児外科とは何か、という内容であります。今ここに持参したのは北海道地方会評議員会編集の『北海道における小児外科の黎明と発展』という地方会一〇〇回記念誌です。私の退官間際に旭川医大小児外科チームが中心となり作成いたしました。この中の創設期の医師の記録を読むと、手術どころか点滴すら受けることもかなわず、目の前でだんだん声が小さくなり消え入るように死んでいく赤ちゃんがいて、そんな赤ちゃんたちを助けようと五十年前に外科医たちが立ち上がって小児外科が発生したことが解ります。

宮本の恩師、順天堂大学医学部名誉院長の宮野武先生の言葉に「赤ちゃんの命を救い、人生という物語を創る小児外科」という表現があります。小児外科医はまさしく自分の手術の中で、磨いた技術を用い、メスを持って子どもたちの命を助けます。そして執刀医の死後も続くであろう未来に夢を託すのです。

小児外科医とはほんの一握りの人間にしか与えられない厳しくも誇り高い職業であると私は考えています。厳しく特殊なトレーニングを行った外科医にのみ、社会が赤ちゃんの体を切り開き手を入れることを許可するわけですから。もちろん、自分の手の中で、止めることのできない出血の海の中で子どもを亡くしてしまうこともあります。そのような時には精神的に落ち込むのですが、その深い谷間から救ってくれるのは以前に助かった子どもたちで、彼らに引っ張り上げられるようにして現実の世界に這い上がることもあるのです。

そして小児外科医は、自分の人生より遥かに長い患児・家族の人生に深く関わっていく、きわめて希有《けう》な存在といえます。今日はさらに二冊本をお持ちしました。宮本が退官間際に出版した二冊の本です。『たたかうきみのうた』と『たたかうきみのうたⅡ』です。ここには手術した子どもたちのけなげにたたかう生き方と、その子どもたちを取り巻く親御さんや医療従事者たちの姿、そして小児外科医宮本とその家族の生きてきた道を書きました。これからの進路として小児外科を考慮に入れている医学生、研修医の皆さん、人生の直接の指標にはならないかも知れませんが、ある小児外科医のエピソードとしてこの本を楽しんでいただけると幸いです。

さて、小児外科では一年に二回の地方会を行いますので、先に述べましたこの一〇〇回記念誌は五十年分の記録になります。小児内科が創立一〇〇周年を超えたのに対し、小児外科はわずか五十年の歴史であります。このことは、日本で初めて小児外科手術で助かった赤ちゃんが、今やっと五十歳になったということを意味します。宮本が執刀した食道閉鎖症や胆道閉鎖症やヒルシュスプルング病の赤ちゃんたちがいま、続々と三十代に突入しつつあります。ここに持ってきましたのは宮本が今勤務する病院で使っているボールペンです。三十年前に初執刀した胆道閉鎖症の女児が成長して大学を卒業し、市役所に勤め始めた時の給料でプレゼントしてくれたボールペンです。出生直後から二十七年間も点滴で命をつないだ腸軸捻短腸《たんちょう》症候群(11)の女の子は二十歳を過ぎてから眼鏡ケースを贈ってくれました。現在こども便秘外来でこれらのペンやケースを使うたびに、彼女たちが優しく宮本の背中を押してくれているように感じているのです。そうそう、付け加えなければならないことがあります。小児外科はできてから五十年とあまりにも若い科であり、実は〝時による評価〟を受けていないといえるのです。赤ちゃんの時に手術を受けた子どもたちが五十歳を過ぎてから癌《がん》が多発したり、代謝・栄養異常が多発したりすることだってあり得るのです。いつの日か「宮本先生はあんなにがんばって手術をしていたけど、あれから五十年たち僕らは手直しに忙しいなあ〜〜」なんて言われる時代が来るのでしょうか……いや、きっと来るに違いありません！

一番目のまとめです。小児外科とは消えゆく子どもたちの命を助けようと立ち上げられ、まだできてから日の浅い領域です。執刀医は必死に知恵を蓄え、腕を磨き、切磋琢磨《せっさたくま》してきましたが、時には命を失う恐怖の中でも手術を続けられたのは、子どもたちに支えられてきたからです。しかし一人の小児外科医の寿命では自分の執刀した子どもたち、そしてご家族の一生を見ることはできません。小児外科医同士がバトンをつなぎ、たゆまぬ努力をしていきましょう。小児外科医とは、厳しいトレーニングをした、ほんの一握りの人間にしか与えられない誇り高い職業なのですから。

さて、第二の話題はパワハラ、アカハラ、セクハラ、モラハラにもめげずたたかい、誇りを持ち仕事を続けるということについてです。昨今これらのハラスメントに関しマスコミを賑わせている大学医学部が複数ありま

す。これらの問題は大学というコップの中の嵐とはいえコップの中にいる人間にとってはまさしく人生を左右する一大問題であります。

大学医学部、医局は古い体育会系クラブのように運営されるところも多く、このような運営には確かに家父長制の利点、つまり支配パターンに安住することがあるのです。そのような利点があるとはいえ、家父長制はさまざまなハラスメントの巣窟《そうくつ》となることは否めません。ケイト・ミレットという社会学者がその著作の中で述べたように「家父長制＝父権制の原則は、男が女を支配し、また年長の男が年若い男を支配するというように二重に働く」制度です。

この制度のもとでは、家父長個人が聖人君子であればすべてうまくおさまるというわけではありません。また、医学部や医局の家父長制が、医師と患者の関係にもおよぶことは、よく知られた事実でもあります。このような制度・パターンを変革するためには民主主義的な制度の確立が重要なのです。二〇〇三年の大学独立法人化、二〇一五年の学校教育法の改正（学長権限の強化など、大学ガバナンスの改革）は、大学を文科省のくびきから解き放ち、大学自身の自由で独自な運営、透明性の確保などをめざした法律であるはずでありました。一方ではその法改正は大学の自治を弱め、国家が介入しやすくするためではと危惧する勢力もありました。しかし当時は、その制度に、まさかモンスターのような家父長的学長や教授の長期政権を生み出す危険性があると、ほとんどの人は気がつかなかったのです。

もう少し身近なことについて述べたいと思いますが、このような話題で自分の経験をお話しすると、ついつい恨みがましくなりそうなので、なるべく淡々と一般的な？　お話として述べるように試みます。全国の医学部や医局、あるいは小児外科の中での「あるあるハラスメント」をいくつか述べますが、書き出すだけでもおぞましいものです。今時の学生、研修医たちも多かれ少なかれ同様のハラスメントの時代をこれから生き抜くことになります。自分がこのように言われたとして考えて見てください。「小児外科はお金を稼げないので最小のスタッフ、メンバーでよい」「おまえが早くやめないから、次の小児外科希望者をスタッフにできない」「やめさせたくても、公務員というのは簡単にはやめさせられない」「医局のお金は各グループの儲けに比例して使え。小児外科はわずかだ」「小児外科に入った委任経理金はどうせわずかなので別グループに使わせる」「臨床、教育と一人で忙しがって……研究もできないやつ！」「医局の一員なのだから小児外科でも小児病棟だけではなく大人病棟の当直もするように」「女医は結婚したら受け持ち患者を持たせない」「女医は子どもができたら手術をさせない」

このように汚い言葉ばかり続くとうんざりですね。しかし人はこのような言葉を言い放つ教授のそばにいると、自己防衛の意味もあり、教授の言動の先読みをするようになります。次第に正確な先読みができるようになり、教授に対面しても、心の準備と自分の反応に余裕ができるようになっていくものですが、ここには大きな落とし穴がありました。ふと気付くと、自分もそんな教授と同じように考え、研修医たちに似たような言葉を投げつけそうになるのです。思考回路が感化されるのですね。医局員全員が教授と同じような発想をし、同じようなしゃべり方をするようになることがありますし、ときには立ち居振る舞いまでそっくりになっていくのです。

さて、宮本は三十年以上の小児外科医としての人生のうち、ほぼ三十年間を同じ大学で過ごしました。これは医師が大学や病院、施設を転々とすることでキャリアアップしていくのが普通である現代にあってきわめて稀なことです。さらに、なんとそのうち二十四年間を助手・助教として過ごし、その後三年間は小児外科科長・講師となり、その後の三年間は科長・教授（病院）となり退官しました。今の若い先生たちと同じ時期に、もし自分がこの先二十四年間以上も下積みの生活が続くと知らされていたらとっくにこの大学から出て行っていたことでしょう。

宮本にとってはこの助手・助教の時代がある意味で果てしなく続く苦難の時代であったとともに、力を蓄える時代でもあったのでした。激しい言葉を受け自信をなくし、道を見失いそうになったとき、このままではいけないと考え心に決めたことがありました。ここさえ守り切れるなら自分は小児外科を続けることができる、という最後の一線を確認することでした。

今自分に求められていることを列挙し、ぎりぎりここまで引き下がるという限界を覚悟することでした。

自分が小児外科医として心の支えになっていたのは以下のようなことでした。大切な順番で示します。

・自分の家族の存在
・手術の成績と患者さん家族からの評価
・患者さんを送っていただく小児科医や産科医からの評価
・教育と学生さんとの付き合い
・臨床研究と発表
・基礎研究と発表
・教授の意向
・医局の付き合い
・自身の出世

これらは本来一体となり重要なものだと思います。しかし、厳しい現実に直面し、これらの項目の後ろの項目からどんどん削っていくことになりました。結局最後に残ったのは手術成績をあげ患者さん家族から感謝されること、小児科医、産科医から良い評価を得ること、そして自分の家族が笑って過ごせること、この三点が自分の最後の一線で、ここに破綻を来《きた》したら小児外科を辞める覚悟、というところまで追い込まれたのでした。

二番目のまとめです。みなさんの人生も決して順風満帆で平坦というわけではないでしょう。何か自分でここだけは守るというポイントを見定め進んでください。そこが守れないならば小児外科を目指す必要はありません。働き続ける上で決して捨ててはいけないのは、小児外科医の誇りです。上昇志向や承認欲求とは無縁の世界に身を置いて、覚悟を定め、子どもとその家族を守る心で自らの小児外科医としての満足度を高めることに全力を注ぐならば道は自ずと開けます。子どもと医療のことを考え、報われずともがんばる姿は、必ずや評価されま

す。あまりに環境が劣悪であれば声を上げることも大切ですが、一人ではつぶされるのは明白で、仲間が必要です。
旭川医科大学ではいま、長く続いた異常な体制に対し、大学の内外からさまざまな動きが出ています。この機会を逃すとたぶんこのような動きのできるチャンスは二度とないと考えますので、私は今が変革のチャンスと考えています。ただ、あえて言うなら、この戦いは今まで翻弄され続けてきた自分たちにも同様な問題を抱えており、異なった目的の人間が統一目標で共同戦線をはっているだけであって、勝利した後もまたさまざまな意見を出し合い、自ら改革を続けていかなければならないという大変な道であるということです。

さて第三の話題は「小児外科医の引き際」という内容です。三十年以上も外科医を続ける中で、数多くの先輩外科医の引き際を見てきました。ここで言う引き際とは手術をやめるとき、という意味です。六十歳あるいは六十五歳の定年まで外科医を続けることができるということは、気力・体

力が定年間際まで充実しているということで、その外科医はきわめて恵まれた状態ということができます。

宮本にとっての最初の指導者（メンター）は旭川医科大学第一外科初代教授の鮫島夏樹先生であり、宮本はその後ろ姿を追いかけるように生きてきたように思います。鮫島先生はちょうど三十歳年上で高校の先輩でもありました。病院長になられた六十五歳になっても口笛を吹きながら手術されていたのに、それを言うと、「なに言ってるの。僕は手術中に口笛なんか吹かないよ」とムキになっておられたお顔……。執刀中に「僕は目がよく見えないんだけど、ここはうまく縫えている？」などと恐ろしいことをおっしゃって、周囲を啞然とさせたこと（実はこの物言いは自分が白内障になってから意味がわかりました）などなど逸話は数知れずあります。

先生は退官後に八冊の本を書かれたのですが、宮本には「現役でいる間に本を書くのはまだ早い」と諭されておられたのに、宮本の本ができてからは「僕も最後に宮本君のようなエッセーを書く」とおっしゃったのです。それが、ここに持ってきた八冊目のエッセー集です。完成したこの本をお渡ししようとしたその日の朝、鮫島先生は九十五歳で逝去《せいきょ》されました。

そのような余生を過ごされた外科医がいらした一方で、有名な外科医である何人もの先輩が、やめ時を失い、老残とも言うべき悲しい状態に陥ることを見てきました。そのような先輩は、自分はまだ手術がうまい、世界の最先端にいる、という認識であったために、かえって日進月歩の進歩にだんだんついて行けなくなっていくことにも気がつかないのでした。新しく病院を始めたり、既存の病院に残り続けたり、手術やカンファレンスや学会に乱入したり、地位を得てハラスメントを連発したり……。自分の場合はそうであってはならないと考え、きっぱり大学をやめ、手術からも手を引きました。後ろ髪を引かれる思いであり、さみしくもありました。後輩たちはうまく手術をできているのだろうか、論文はきちんと書けているのだろうか、小児科や産科とうまく交流しているのだろうか、地方の病院との連携を絶やすことはないのだろうか、学生の教育や飲み会をうまくやっていけているのだろうか……心配のタネは尽きなかったのですが……。

このように小児外科をきっぱりやめて、大変だったことは何ですか？という質問をよく受けます。先に述べたような後輩たちへの心配は当然ありました。さらに手術の夢をよく見ました、いえ、今も見ます。悪夢をご心配される方が多いのですが、不思議と自分の見る夢に悪夢は少なく、夢の途中にガバッとベッドで起き上がり「そうだ！　こうすると手術がうまくいくんだ……」という大発見をしたり……まあその画期的な術式は翌朝にはよく思い出せなくなっているのですが。

三十年以上もの間、肌身離さずに携帯を持ち、いつ呼ばれても手術が行えるように緊張を保っていた状態から解放されたことは最大の喜びであり、退職後は深く眠ることの喜びに浸りました。寝るたびに背骨がベッドに溶けてしまうような解放感と幸福感を味わいました。

夢といえば、実はコロナの時代となり夢にまで出てくるようになったことの一つに「居酒屋」がありました。小児外科医になり三十年を超える日々、その間四千五百例を超える手術に責任を持ち、診療・教育・研究にだけ集中してきたわけではございません。その間、ほぼ毎週のように学生と飲んできました。三千人以上の卒業生のうち多分千人以上と楽しい酒を飲んできたことになります。もちろんそれ以外にも、同僚や職場の看護師さんたちと、いろいろな学会で全国の小児外科医友人たちと居酒屋で飲み明かしたことになります。お酒のあるなしにかかわらず、そんなワイワイがやがやの中から、人との付き合いが生まれ、友人が増え、すぐれた師に出逢い、人生のチャンスに気がつき、時にはお酒のために大切なものを失ってしまうこともある……そんな時代は今まさに過ぎ去ろうとしています。これからは学会もＷＥＢとなり、参加しやすくなったとはいえ人や自然や酒とのふれあいが薄まっていくのでしょうか。いや、人間関係のあり方にもパラダイムシフトとも言える事態が起こり、新しい工夫と、付き合い方が生まれて交流はより国際的なものとなってくるはずです。

夢と酒の話はさておき、そうそう、小児外科医の引き際の話でした。退官に合わせ、小児外科医宮本のところに来た仕事のオファーの中には、老

健施設の所長、病院チェーンのクリニック院長、肛門科病院の医師、医療介護グループの病院長などがありました。退官後はきっぱりと悠々自適の生活に突入する予定でしたので、これらの申し出を、実はすべて断りました。医学以外に自分のやりたかったことをリストアップし、その実現に向けて動き出したのです。

今ここにお地蔵さんを持ってきました。そうなんです、やりたかったことの一つは木彫りでした。母の遺品を整理している時に出てきた子ども時代に使っていた数本の彫刻刀が、きっかけでした。手術をやめて手が寂しかったこともあります。

初めて彫った地蔵は自分に似てくると言われています。どうでしょう、これは宮本に似ていますか？　こちらにお持ちしたのは観音様です。いずれも小学生レベルで、恥ずかしいのですが。表情がタレ目で気品がありませんね？　この二つを見て何か気がつきましたか？　どうせ小児外科医が彫るなら、それなりの特徴を出そうと思ったのです。

もう一つ母子像を出してみます……もうおわかりですね！　みんな小児外科医にとって大切な疾患であるデベソなんです!!　これらの像を手にしてポチッとしたデベソをさすると何か御利益《りやく》があるように見えませんか？　……またもやちょっと横道にそれてしまいました。

木彫りの他には、あるテーマで小説を書き始めたり、忙しくてできなかったカヌーやマウンテンバイクの整備を始めたり、好きなドライブで温泉を巡り始めたり、料理や、畑仕事など、現役小児外科医から見て、あこがれるようなリタイア生活に入る予定だったのです。しかし結局退職後三か月目から週三日だけ医師としての仕事を始めることにしました。実は小児外科をリタイアするときに医師として気になっていたこと、やってみたいな～と思っていたことが二つあったのです。

一つ目は北海道では専門外来として取り組まれていない子どもの便秘外来であり、二つ目はいま札幌では取り組みが始まっている小児の在宅医療でした。どちらも小児外科医療の延長としてとらえることもできるのですが、収益の上がりづらい部門でもあり一般市中医療機関としては取り組みづらい、つまりやらせていただける可能性の少ない領域でした。そんな中、現在所属する道北勤労者医療協会が、命は平等と考え、困った人々に寄り添う立場からも、こども便秘外来の試みを受けていただけると聞き、心が動きました。

さてそんなわけで道北勤医協にて、成人の健康診断医や在宅医療医を行いながら四か月の準備期間を経て、こども便秘外来を週に半日だけ開設しました。実は最先端の技術を誇りに生きてきた小児外科医にとって、成人の健康診断や在宅医療の医師となることは、技術的にも知的にも研修医レベルまで医師としての能力がもどってしまったような感覚にとらわれました。この落ち込みはかなり重大でした。しかし現実は、自分の内科医としての実力が研修医レベル以外の何ものでもないと気がつき、勉強をし直し出しました。もちろん外科医として鍛えてきた触診の技術などには付加価値があると気がつきました。目的の一つであった便秘外来の方は、始めてみるとコロナの時代にもかかわらず予約が常に一か月先まで埋まっています。こちらは自分にしかできない、誇りを持てる仕事だと思っています。

三番目のまとめです。手術現役を続けている外科医の引き際は難しいのです。メスを置き、後輩に繋げ、つぎの仕事に生きがいを持てるようになるには、強い意志としっかりとしたビジョンを持つことが大切です。自分もまだまだ人生半ばであり、そんな立場からの差し出がましいお話でした。

〝人はどう生きるべきか〟という大きな問いに対し、今の自分には万人に当てはまる解答は持ち合わせていません。ただ自分のことで言えば、自分が大切と考えているものを守り、誇りを胸に、友と一緒に前に向かっていこうと、考えています。

本日はお忙しい中、宮本の講演をお聞きいただき誠にありがとうございました。願わくばコロナが収束し、皆さまとお会いし、学びあい、古き良き居酒屋に行ける日がまた来ますようにと、心から願って講演を終わりにしたいと思います。

（二〇二一年三月二十日）

あとがき

花屋の爺さん
日が暮れりゃ、
ぽっつり一人で小舎《こや》のなか。

花屋の爺さん
夢にみる、
売ったお花のしあわせを。

金子みすゞ「花屋の爺さん」より

金子みすゞ『こだまでしょうか、いいえ、誰でも。――金子みすゞ詩集百選』宮帯出版社、二〇一一年

まさか自分が三冊目を上梓することになろうとは思ってもいませんでした。

定年という、人生の大きな曲がり角を曲がると、世界そして日本はコロナで騒

然とした世界に突入していたのでした。退職後には、冒頭の詩のように、花を売り終わった花屋の爺さんとして、ぽつんと小舎の中で、子どものことなど夢見て過ごそうと考えていたのですが、時代は医療者に休むことを許しませんでした。それどころか、後輩たちはすすんでコロナの渦の中に飛び込んで行くではないですか。

本文中に登場したラミーヤも母国ボスニア・ヘルツェゴビナに戻り、研修医としてコロナ最前線で働き出しました。彼女からの「必死に働いている」というメールには心打たれましたが、彼女の心と体が心配でもあり、いたたまれぬ気持ちだったのです。こうなったら、老いぼれ爺さんも小舎の外に出て、なにかのお役に立とうと考え始めました。これらの経過がこの『たたかうきみのうたⅢ』の背景となっています。

寄せ集め感の強い本となってしまい、伝えたいことはまとまらず、文体も統一がとれていません。しかし、宮本という爺医の周りのきらめく命、あふれる才能、不思議な出逢いと別れ……について性懲りもなく書いてみました。

迎春
素敵な一年に
なりますよう
お祈り申し上げます
令和三年　元旦
コロナにより
幻となった教授退任式

今までの二冊の本の読者の方々からのメールやお手紙は、何冊ものクリアファイルに収まっており、人生二人三脚状態の宮本老夫婦の嬉しく楽しい読み物となっています。この写真は、今年の年賀状です。二〇二〇年三月にコロナ禍のために中止とした教授退任式ですが、せっかくなので夫婦二人だけでもと記念撮影を行ったのです。家内が着ている和服と帯は私の母のものです。『たたかうきみのうたⅢ』には父母親戚に関する記述が少なくなっていますので、せめてこの本にこの写真をそえて仏壇にお供えしたいと思います。

この原稿を書いている時点ではコロナのデルタ株が流行し、まったく先を見通せません。この本が出版される頃にはどんな総括が成されているのでしょうか。人類に対する大きな脅威は、必ず社会を変えていきます。我々にできることは、我が身を守り、家族を守り、友達と手を携えて正しいと考える方向へすすんでいくことです。そんな中、この本がほんのひとときの〝癒やし〟となればと願っています。

最後になりましたが今回も本書の出版に際して、株式会社幻冬舎メディアコンサルティングの皆さんに多大なお力添えをいただきました。編集・ブックデザイン・ＤＴＰを担当してくださった皆さんをはじめ、校正・印刷・製本と、本書の制作にご尽力いただいたすべてのスタッフの方々に、この場をお借りして、心から感謝とお礼を申し上げます。

二〇二一年八月　コロナ禍と羆《ひぐま》出没で静まりかえる旭川にて

宮本和俊

注釈

1 ヒルシュスプルング病

腸に分布する神経が一部の腸で生まれつき存在しない、あるいは存在してもその働きが十分でないため腸が動かず便が出づらくなり、ミルクを飲めなくなる病気です。以前は生後すぐに人工肛門をつくり、成長を待ってから動かない腸を切除し動く腸を肛門につなげ、その数か月後に人工肛門をふさぐという3回の手術を要しました。現在ではタイプにもよりますが、新生児期の1回の手術で根治することが可能となりました。

2 便塞栓

重症の便秘では、たまりにたまった宿便が出すに出せないほどの塊となり、腸をふさいでしまうことがあります。この、まるで腸に便で栓をしたかのような状態を便塞栓と呼びます。次第に便どころかガスも出せなくなり、お腹はパンパンに張り、ごはんを食べることもできず体重も減ってきます。この便の塊を除去することが便秘治療の第一歩であり、浣腸、摘便（指で便を掘り出す）、洗腸（肛門から管を入れ腸から便を洗い出す）などが医師の腕の見せ所となります。

3 『ぼくたちは戦場で育った』

ヤスミンコ・ハリロビッチ編著、角田光代訳、千田善監修、2015年、集英社インターナショナル発行

ボスニア・ヘルツェゴビナはイタリアとギリシャの間にあるヨーロッパの小国ですが、7つの民族と3つの宗教と3つの言語が入り交じり、古来より分割と統合を繰り返してきました。1992年からはボスニア紛争が勃発しましたが、1995年に終結し現在

の国が形成されました。この本はその過酷な紛争の時期を少年時代として過ごした青年たち1100人の思い出の記録です。水も電気も食べ物もなく砲弾や銃弾が飛び交い友達も命を失っていくなかで、子どもたちがいかに生き延び、遊びを見つけ、笑いを見つけようとしたのかが書かれています。本文中のラミーヤはまさしく砲弾の飛び交うなか地下室で生まれ、この本の投稿者たちは彼女の兄の世代に相当します。日本の大人も青年も子どもたちも、つい20年ほど前のこの現実を子どもの目線から読んでいただきたいと思います。

4

鼠径ヘルニア

これは金沢の大先輩小児外科医、浅野周二先生の表現ですが「ハイレグ水着(表現が古い?・)で露わになった部分」を鼠径部といいます。この部分の皮下に、腹膜に包まれた腸がはみ出して膨らんでくる病気を鼠径ヘルニアと言います。多様な小児外科手術の中で一番頻度の高い病気です。この手術は外科研修医が助手から始まり執刀までを経験するうえで、必ず経験しなければならない手術とされています。

5

胆道拡張症

肝臓から出た胆汁は胆道を通って十二指腸へと向かいます。胆道拡張症には、この胆道が生まれつき拡張している例も、成長するにつれ拡張していく症例もあります。拡張した胆道は破裂したり胆石ができたり膵炎を引き起こしたりします。手術の基本は拡張した胆道を切除し、小腸を使い胆汁の流れを新しく変えることにあります。複雑な手術ですが小児外科医にとっては胆道閉鎖症手術とも合わせ必須の手技です。

近年は腹腔鏡にてすべての手技を行えるようになってきました。

6 先天性十二指腸狭窄症

生まれつき十二指腸が狭くなっているのですが、その原因はいろいろあって手術術式も多様です。その中でも一〇二ページでご登場する木村健先生の考案されたダイアモンド吻合《ふんごう》術は世界標準の術式です。ラミーヤにもこの術式を見せることができました。

7 気管支のう胞

胸の中にできるのう胞（水分のたまった袋）の一つで、のう胞の壁が気管支の成分で構成されるタイプを気管支のう胞と言います。胸腔鏡で行う手術（VATS）の良い適応となります。

8 開腹噴門形成術

胃食道逆流症は小児であっても、脳性麻痺などの症例で多発し、胃噴門形成術の良い適応となります。近年は腹腔鏡下に行うのが標準術式ですが、複雑な症例では開腹手術も選択されます。

9 中心静脈リザーバー

点滴で長期間の栄養投与を行わなければならないときは体の中心部にある太い静脈にカテーテルを留置します。というのも手や足の細い静脈では濃い栄養が入ったときに静脈炎を起こし痛くなり、静脈が閉塞してしまうからなのです。カテーテルのもう一方は皮膚から外に出すこともできますが、皮下に埋め込んだリザーバーにつなぐこともできます。この時は点滴のたびに皮膚を消毒して、点滴の針をリザーバーに刺さなければなりません。ですが点滴をしないときには針を抜けば入浴も海水浴もできるようになります。十六ページのマユちゃんはこのリザーバーで幼少期をしのぎました。

10　先天性食道閉鎖症

生まれつき食道が1本の管とならず途切れている病気です。そのままではミルクを飲めないので、途切れた食道を手術でつなぎます。途切れている距離が長いときは食道をつないだところに無理がかかり、食道に穴が空いたり、吻合部が狭くなったりします。穴が空いたときには膜をあてたりしましたが、最近は再度つなぎ直すことも多いのです。狭くなったときには風船で内側から広げたり、内視鏡で狭いところを切り広げたりします。

11　腸軸捻短腸症候群

赤ちゃんの腸は胎児期（お母さんのお腹の中にいるとき）には胎児の体の外にあるのですが、生まれるまでにはくるくると回りながらお腹の中に収納されていきお腹の壁は閉じます。お腹の中ではそれ以上回らないように何か所か固定されていきます。この固定が不十分であるとき、出生前後に腸の大半がねじれてしまうことがあり、これを腸軸捻と言います。さらにねじれが止まらなければ腸がねじ切れるほどにまでなり、腸の大部分を切除しなければ腸が腐ってしまい命を失います。切除後は腸が短くなり栄養を吸収することができなくなり、短腸症候群と呼ばれる困難な状態になります。十六ページのマユちゃんがこの状態であり、腸が成長し、点滴栄養をやめ口からの栄養だけで生きていけるようになるのに二十七年かかりました。

著者紹介

宮本和俊（みやもと かずとし）

1954年　北海道夕張郡長沼町に生まれる
北海道教育大学附属札幌小学校卒業（八十期）
北海道教育大学附属札幌中学校卒業（二十二期）
北海道札幌南高等学校卒業（二十三期）
1983年　旭川医科大学医学部卒業（五期）
2020年　旭川医科大学医学部外科学講座
小児外科科長・教授（病院）を定年退職
現在　社会医療法人道北勤労者医療協会副理事長
公益財団法人そらぷちキッズキャンプ理事
著書　『たたかうきみのうた』（2017年　幻冬舎メディアコンサルティング）
『たたかうきみのうたⅡ』（2018年　幻冬舎メディアコンサルティング）
『たたかうきみのうたⅢ』（2022年　幻冬舎メディアコンサルティング）

たたかうきみのうたⅢ　時《とき》を継《つ》ぐ君《きみ》へ

2024年3月6日　第1刷発行

著　者　　宮本和俊
発行人　　久保田貴幸

発行元　　株式会社 幻冬舎メディアコンサルティング
〒151-0051　東京都渋谷区千駄ヶ谷4-9-7
電話　03-5411-6440（編集）

発売元　　株式会社 幻冬舎
〒151-0051　東京都渋谷区千駄ヶ谷4-9-7
電話　03-5411-6222（営業）

印刷・製本　中央精版印刷株式会社
装　丁　　弓田和則

検印廃止

ISBN 978-4-344-94987-4　C0095
幻冬舎メディアコンサルティングＨＰ
http://www.gentosha-mc.com/